쌍둥이 언니가
신녀로 거둬지고,
나는 버림받았지만
아마도 내가 신녀다.

🐾 가이아스 🐾

늑대 수인 남자아이.
처음 만난 날 레룬다가
귀와 꼬리를 만져 댔다.

🐾 레룬다 🐾
(7세)

아름다운 언니와 달리
수수한 동생.
부모가 마물이 넘쳐 나는
위험한 숲에 버려두고 갔다.
그리폰들과 가족이 되어
수인의 마을에서 함께 살게 되었다.
그러다 신비한 힘에
눈을 뜨게 되는데……?

🐾 시포 🐾

하늘을 나는 말인 스카이 호스.
변이체로 불 마법을
쓸 수 있다.
숲속에서 레룬다를
발견해 도와준
마음씨 좋은 마물.

🐾 그리폰 🐾

상반신은 독수리이고
하반신은 사자인 생물.
늑대 수인들이 숭배하는 존재.
레룬다를 가족으로 받아들였고,
레룬다가 이름을 붙임으로써
서로 계약했다.

쌍둥이 언니가
신녀로 거둬지고,
나는 버림받았지만
아마도 내가 신녀다.

이케나카 오리나
일러스트 컷

목차

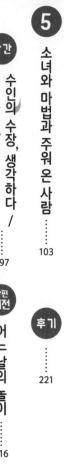
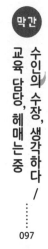

신녀란 때때로 세계에 나타나, 신에게 사랑받는 자를 가리킨다.

그자는 신에게 사랑받고 세계의 축복을 받는다.

신녀가 사는 토지가 황폐해지는 것을 신은 허락하지 않는다.

신녀에게는 특별한 힘이 있다고 한다.

신녀에게 축복받으면 행복해진다.

신녀는 신에게 사랑받는 아이다.

그렇기에 사람들은 그 존재를 추구했다.

Ⅰ 소녀, 버려지다

나는 지금 숲속을 홀로 헤매고 있다. 내 키보다 훨씬 큰 나무가 늘어선 가운데 나 혼자였다. 때때로 들려오는 짐승의 울음소리에 깜짝깜짝 놀라고 말았다. 이 숲속에 많은 생물이 살고 있음을 실감했다. 만약 마주치면 어떻게 해야 할까.

──왜 일이 이렇게 됐냐면 일곱 살이었던 어느 날, 부모에게 버려졌기 때문이다.

"이 집에 신녀가 있을 것이오."

갑자기 집을 찾아온 신관복을 입은 남자들은 그렇게 말했다.

그들의 말을 들은 순간, 엄마는 황급히 나를 침대 밑으로 밀어 넣었다.

"레룬다, 너 같은 아이는 신관님 앞에 나가면 안 돼!" 하고 엄마가 말했기에 나는 얌전히 있었다.

생각해 보면 그것이 내 일상을 부수는 시초였지만, 이때는 동요해서 머리가 돌아가지 않았다.

'신녀'라는 말을 머릿속으로 되뇌었다.

처음에는 그게 뭔지 확 와닿지 않았으나 신관 한 명이 "신께 사랑받는 아이가 있을 것이오." 라고 말하는 것을 듣고 대충 알 수 있었다.

"어머나, 신녀요?! 그렇다면 분명 이 아이예요. 저희의 자랑거리니까요."

언니를 신관 앞에 내세운 엄마가 기쁘게 말하는 소리가 들렸다.

"앨리스가 신녀라니, 역시 우리 딸이야."

아빠는 싱글벙글 웃고 있었다.

"내가 신녀?"

언니가 놀란 표정을 지었다가 아름답게 웃었다.

엄마, 아빠, 언니. 그렇게 셋으로 가족이 완성된 것처럼 보였다. 가만히 몸을 숨기고 있는 나는 결코 그곳에 낄 수 없다.

엄마는 내게 기쁜 목소리로 말한 적이 없었고, 아빠는 내게 자상하게 웃어 준 적이 없었다. 언니와는—— 쌍둥이지만 대화를 나눈 적도 거의 없다.

"어찌 이리도 아름다울 수가! 신녀님, 저희는 당신을 대신전으로 모시고 싶습니다."

너무나도 아름다웠기에 신관들은 언니가 신녀라고 믿어 의심치 않는 듯했다.

부모님과 언니는 '대신전' 이라는 말에 얼굴이 환해졌다. 대신전이란 곳은 어디일까. 나는 태평하게 생각했다.

"이 아이만 보내기는 걱정돼요. 저희도 같이 대신전에 가도 될까요?"

"맞아. 앨리스만 보낼 수는 없어."

둘 다 같이 가는 거야? 나는 깜짝 놀라며 그 말을 들었다.

"물론입니다. 신녀는 아직 어려요. 부모님들도 꼭 같이 와 주십시오."

그리고 아빠와 엄마가 이제부터 대신전에 가기 위해 준비한다고 해서 신관들은 후일 데리러 오겠다고 약속한 뒤 떠났다.

"레룬다!"

신관들의 모습이 완전히 보이지 않게 된 후, 아빠가 내 이름을 불렀다. 아빠에게 이름을 불리는 것은 오랜만이라 기뻐하며 침대 밑에서 나왔다.

그러나 아빠의 말은 충격적이었다.

"너는 신녀인 앨리스의 동생으로 걸맞지 않아!"

"우리는 앨리스와 함께 마을을 떠날 거야. 너는 필요 없어."

나는 원래 가족들 사이에서, 아니 마을에서 있으나 마나 한 존재였다. 신녀라는 특별한 존재로 거둬지는 언니의 동생으로서 나는 걸맞지 않다. 그래서 아빠와 엄마는 나를 버리기로 한 듯했다.

"잠깐만…… 아빠, 엄마!"

소리 내어 저항했으나 아빠와 엄마는 멈추지 않았다. 지긋지긋하다는 듯 흘낏 보고서 아빠는 나를 안아 들었다. 마을 사람들은 누구도 아빠를 막지 않았다.

저항한 보람도 없이 마을 근처에 있는 숲속에 팽개쳐져 외톨이가 되어 버렸다.

나는 불안해져서 몇 번이나 뒤돌아보았지만 부모님은 그곳에 없었다. 내가 어찌 되든 좋다는 것처럼 냉큼 마을로 돌아가 버린 듯했다.

그렇게 나는 숲속을 헤매게 되었다.

가족에게 버려졌다. 그 사실에 슬프다는 감정이 샘솟았다. 나는 우리 집에 정말로 필요 없는 존재가 되어 버렸다고 생각하니 가슴이 괴롭고 그저 슬펐다.

원래부터 버려져도 이상하지 않은 취급을 받기는 했던 것 같다. 하지만 지금까지 버려진 적은 없었다. 그랬는데 쌍둥이 언니가 신녀라는 존재라 부모님과 함께 다른 곳으로 가게 되면서 나는 마침내 버려졌다.

나와 언니는 쌍둥이로 태어났다.

하지만 나와 언니는 전혀 닮지 않았다. 언니는 주위 사람들이 정말 친자식 맞냐고 물어볼 만큼 외모가 아름다웠다.

얼굴 생김새부터 달라서 딱 봐도 특별한 인간이라는 분위기를 풍겼다. 시골 마을에서 언니는 매우 인기가 많았고 아름답다는 말을 수없이 들었다. 그리고 언니 덕분에 우리 가족은 촌사람치고는 유복했다.

하지만 나는 언니처럼 아름답지 않아서 아빠도 엄마도 언니같이 취급해 주지 않았다. 밥도 그다지 얻어먹지 못해 혼자 마을 밖에 나가 먹을 때가 많았다. 숲 근처였지만 신기하게도 마물에게 습격받지 않았고, 늘 우연히 먹을 것을 찾아 식사할 수 있었다.

바깥세상 따위 모른다. 어떻게 살아가면 좋은지도 모른다.

그런 힘든 생활이었지만 밖으로 뛰쳐나갈 용기는 없었다. 바깥은 무서웠기에 나는 마을 안에서 어떻게든 살 수밖에 없었다.

언니는 아름답고 특별했다. 그리고 나는 특별하지 않았다.

예전에 부모님과 마을 사람들이 내게 했던 말이 떠올랐다.

태어나지 않았으면 좋았을 것이라는 말을 들은 적도 있다. 무척 슬펐다. 아니, 지금도 가슴이 괴롭다.

마을 사람들도 내가 동생으로 어울리지 않는다며 뭘 던지기도 했다. 하지만 다행히 그것들은 나를 맞히지 못했다. 그것이 다른 사람들에게는 더더욱 꺼림칙하게 느껴진 것 같았다.

엄마가 나를 손찌검하려고 해도 넘어져서 때리지 못했다.

아빠가 나를 걷어차려고 했을 때도 오히려 어쩌다가 발밑에 있는 뱀을 보고 펄쩍 뛴 아빠가 다쳤다.

그런 일이 계속된 덕분인지 맞지는 않았다. 그 대신 나와 엮이면 불행해진다며 역신이라는 소리를 듣게 됐지만.

나는 내가 특별하지 않으니까 사람들이 그런 태도를 보이는 것이 당연하다고 생각하며 지냈다.

그런 세상에서도 여기서 쭉 살아갈 줄 알았는데——.

앞으로 어떻게 할까. 마을에서 쫓겨난 지 이틀. 흠칫거리며 숲속을 헤매던 나는 생각했다.

안전한 음식을 발견하고 습격받지도 않으며 나는 운 좋게도 살아 있었다.

하지만 정처 없이 계속 걸어서 지치고 말았다. 자리에 주저앉으니 아무도 없다는 사실에 외로움이 북받쳤다.

무릎을 끌어안은 채 불안해하고 있자 뒤에서 소리가 들렸다.

"히히힝."

울음소리가 들려서 그쪽에 시선을 보내니 새하얀 말이 있었다.

어쩜 이렇게 예쁜 말이 다 있을까. 하지만 예쁘다고 느낌과 동시에 두려움이 싹텄다.

그 말은 공포로 움직이지 못하는 내게 다가왔다.

"힉……!"

공격당하는 줄 알고 머리를 감쌌으나 말은 내게 얼굴을 가까이 대며 안심시키는 듯 행동했다.

아주 조금 기분이 누그러진 것도 잠깐, 말이 별안간 내 옷을 물더니 그대로 휙 던졌다. 깜짝 놀랐지만 말은 확실하게 나를 등으로 받아 주었다. 등에 태우기 위해 던진 모양이었다.

마을에서 봤던 말보다 몸집이 크고 힘이 셌다. 이 말은 마물의 일종이 아닐까? 공기를 차듯 하늘을 나는 신기한 말이니까.

날 태우고 어디로 데려가는지 몰라 불안해졌다. 하지만 물가까지 안내해 주거나 높은 곳에 있는 과일을 따 주는 등 나를 안심시키듯 필사적으로 대해 줘서 경계심이 점차 희미해졌다.

"말 씨…… 고마워."

그렇게 말하자 말은 기쁘게 울었다. 쓰다듬으니 좋아해 주기도 했다.

무척 상냥한 말이었다.

말 위에서 다음 일을 생각했다. 내가 앞으로 어떻게 하고 싶은지를.

말이 어디로 가는지 솔직히 알 수 없었다. 말이 향하는 곳에 무엇이 있을지 나는 모른다. 똑바로 나아가면 무엇이 기다릴까.

하지만 어떻게든 되지 않을까.

그렇게 느긋한 마음가짐으로 있던 나는 독수리 상반신과 사자 하반신을 가진 생물―― 옛날이야기로 들은 적이 있는 그리폰의 둥지에 도착하게 되었다. 솔직히 나보다 몸집이 큰 마물이 많아서 처음에는 겁을 집어먹고 말았지만, 말과 마찬가지로 그리폰들도 다정했다.

말이 그랬던 것처럼 과일을 주거나 안심시키듯 푹신푹신한 등에 태워 주며 경계하지 않아도 된다며 울었다.

나는 그런 그리폰들과 말의 태도에 안도해서 그날은 그들에게 둘러싸여 오랜만에 깊이 잠들었다.

깨어나자 눈앞에 푹신푹신한 등이 있었다.

깜짝 놀랐지만, 말과 그리폰들을 만난 것은 꿈이 아니었다고 실감했다. 아직 어제 느꼈던 불안과 공포심이 완전히 사라지지는 않았으나 그들에게 둘러싸여 하루를 보내고 그런 기분은 희미해진 상태였다.

앞으로 어떻게 될지 알 수 없지만 어떻게든 살아갈 수 있을 것 같았다.

"목표…… 찾을 거야."

그리고 아침부터 그렇게 다짐했다.

2 소녀와 그리폰과 말 마물

최근 내 아침잠을 깨우는 것은 그리폰이 그륵그륵 우는 소리다.

말이 나를 그리폰 둥지로 데려온 지 벌써 며칠이 지났다. 말도 함께 있었다. 말과 그리폰은 다른 종족이지만 사이가 좋은 듯했다.

목표를 찾고 싶은데 막막했다. 지금까지 나는 스스로 뭔가를 하고 싶다고 생각한 적이 없었으니까.

다만 이곳에서 보내는 시간은 매우 온화했고 긴장할 필요가 없었다.

그것이 정말 기뻤다.

아침에 일어나 세수하러 갔다. 그리폰이 나를 강까지 태워다 줬다. 강은 그리폰의 둥지와 좀 떨어진 곳에 있어서 걸어서 가기는 어려웠다.

세수하고 마실 물을 구했다. 거대한 그리폰의 둥지 안에는 그리폰들이 지금껏 모은 자질구레한 물건이 많았다. 그중에 수통도 있었기에 씻어서 내가 쓰고 있었다.

말과 그리폰들은 강물을 바로 마시는지라 새끼 그리폰들은 수통을 쓰는 나를 신기하게 보았다.

그리폰 둥지는 숲속의 거대한 바위 위에 있었다. 나뭇가지 등으로 커다란 둥지를 만들다니 대단했다. 그건 그렇고, 마을에서 생활했다면 평생 볼 일 없었을 마물과 사이좋게 지내게 될 줄은 생각도 못 했다.

그리폰들과 말과 함께 보내는 즐거운 나날. 지금껏 살면서 이렇게 마음 편히 있는 것은 처음인 것 같다. 말은 통하지 않지만 다늘 상냥했다.

다정하고, 뭔가 마음이 따뜻해졌다. 이렇게 편안한 곳이 있음을 처음 알았다.

하지만 그리폰 둥지에서 내가 할 수 있는 일은 없었다.

그리폰들은 사냥을 하지만 내게는 불가능했다. 그런 일을 배우지도 않았다. 마물과 마주친 적이 없기에 그럴 기회도 없었다. 그리고 마주치더라도 나는 그저 죽을 것이다.

식사는 그리폰들이 사냥해 온 고기를 익혀서 먹고 있었다. 불은 말이 만들어 주었다. 정말로 이 말은 뭐 하는 애일까.

"……그리폰, 씨."

그리폰들과 대화할 수는 없지만 내가 말을 걸면 반응을 보였다. 그리폰들에게는 내 말이 통하는 것 같았다.

원래 살던 마을에서는 이야기할 일이 전혀 없었기에 나는 말이 서툴렀다.

내가 더듬더듬 부르자 그리폰 한 마리가 돌아보았다.

"나도, 일…… 하고 싶어."

그렇게 말하니 그리폰은 잠시 생각하는 듯하다가 그륵그륵

울었다. 하지만 나는 그 말을 이해할 수 없었다. 내 말이 그리폰에게 통해도 그리폰의 말은 내게 통하지 않았다.

"그르륵."

"……미안, 모르겠어."

"그륵……."

그리폰이 시무룩해졌다.

그리폰들과 말이 통하면 참 좋을 텐데. 행동으로 조금은 알 수 있지만, 울음소리로 무엇을 말하려는 것인지 나는 전혀 알 수 없었다.

그리폰들이 뭐라고 하는지 이해하고 싶었다.

그리폰들과 말에게는 무척 신세를 지고 있다. 나는 모두에게 받기만 하니까 뭔가 돌려주고 싶었다. 내가 뭘 할 수 있을까 고민해 봤지만 할 수 있는 일이 하나도 떠오르지 않았다. 쓸모없는 존재라는 생각이 들어서 우울해졌다.

특별한 언니였다면, 신녀라고 여겨지는 언니였다면 이럴 때 금세 뭔가를 할 수 있었을까?

그런 생각을 하고 한층 더 우울해하는 내게 말이 함께 산책하자고 권유했다.

하늘을 달리는 말. 그 위에서 나는 어떻게 하면 말과 그리폰들이 기뻐할지 생각했다.

새끼 그리폰들은 내가 쓰다듬으면 매우 기뻐하는 소리를 냈다. 그럼 빗질을 해 주면 더 기뻐해 주려나? 하지만 이곳에는 빗이 없다. 어쩌면 그리폰이 모은 물건 중에 있지 않을까?

말과 산책을 끝낸 후 둥지를 수색하자 빗을 잔뜩 찾을 수 있었다. 왜 이렇게 많이 있는 걸까?

혹시 빗을 찾으면 가져오는 습성이라도 있는 걸까?

빗을 물로 씻고 있으니 새끼 그리폰들이 눈을 반짝거리며 다가왔다.

"안, 아파……?"

그리폰을, 아니, 누군가를 빗질하는 것은 처음이었다. 그래서 그렇게 물어보며 새끼 그리폰의 복슬복슬한 털을 빗었다.

그리폰의 탐스러운 갈색 털은 촉감이 매우 좋았다. 빗을 때마다 기분 좋은 듯 울음소리를 내서 나까지 기뻐졌다.

새끼 그리폰들을 빗질한 후에는 어른 그리폰과 말도 빗어 달라고 해서, 수가 많아 큰일이었지만 모두의 털을 빗었다.

모두의 빗질을 끝내고 나는 충만한 성취감을 느꼈다. 아직 하나뿐이지만 나도 할 수 있는 일을 찾게 되어 정말로 기뻤다.

◆

"그르그르그~."

"그르그르그르~."

"그륵, 그륵, 그르르르~."

"그르르, 그르르, 그륵, 그르~."

눈앞에서 새끼 그리폰들이 무척 사랑스러운 목소리로 울고 있었다. 내가 별생각 없이 알고 있던 노래를 부르자 새끼 그리폰들이 나를 따라 울기 시작한 것이다.

정말 작은 목소리로 흥얼거렸는데.

그 소절을 듣고 흉내 내서 깜짝 놀랐다. 하지만 즐거웠다. 그와 동시에 새끼 그리폰들이 귀여워서 가슴이 따뜻해졌다.

이 그리폰 둥지에는 어른 그리폰이 여섯 마리, 새끼 그리폰이 네 마리 있었다. 새끼 그리폰들과 나는 함께 지낼 때가 많았다. 어리다는 공통점도 있어서 금방 친해질 수 있었다.

어른 그리폰들과 말도 새끼 그리폰을 대하는 태도로 나를 대했다. 이곳에서 지내고 있으니 이 둥지의 일원이라고 인식하고 있는 걸까.

그중에서도 특히 나를 자주 돌봐 주는 어른 그리폰은 눈가에 흉터가 있었다. 아마 새끼 그리폰 두 마리의 엄마일 것이다. 솔직히 나는 그리폰의 암수를 구분하지 못하지만, '엄마?' 하고 물어봤을 때 긍정하듯 울었으니 엄마가 맞을 터다.

"그륵, 그륵, 그르르르~."

새끼 그리폰들은 즐겁게 노래했다. 새끼 그리폰 성가대. 그런 망상을 하고 말았다. 이런 성가대가 실제로 있다면 굉장히 훈훈할 것 같다. 온화한 기분이 들었다.

더 다양한 노래를 알았다면 새끼 그리폰들에게 가르쳐 줄 수 있었겠지만 내가 아는 노래는 별로 없었다. 노래나 음악은 돈이 있는 사람들이 하는 것이다. 그래서 내가 아는 노래는 마을에서 누군가가 불러서 별생각 없이 알게 된 노래뿐이었다.

새끼 그리폰들은 내 주위를 빙글빙글 돌며 노래하기 시작했다. 아까까지 네 마리가 나란히 서서 노래했지만 움직이며 노래하고 싶어진 모양이었다.

빙글빙글 도는 것을 보고 있자니 어지러워졌기에 나는 새끼 그리폰들의 정중앙에 앉았다.

잠시 후, 노래하는 데 싫증이 난 듯한 새끼 그리폰 한 마리가 내게 찰싹 붙었다. 맞닿은 체온이 안락했다. 내가 날개를 쓰다듬으니 기쁘게 울었다.

그러자 노래하던 다른 세 마리도 '나도, 나도' 하고 내 옆으로 다가왔다. 모두의 탐스러운 털을 쓰다듬으니 복슬복슬해서 나도 기분이 좋았다.

나는 쓰다듬으며 복슬복슬한 털을 느낄 수 있어서 기쁘다. 새끼 그리폰들은 쓰다듬는 손길이 기분 좋아서 기쁘다. 이렇게 서로에게 좋기만 한 일이 다 있다니.

"앞으로, 어쩔까……."

생각은 하지만, 지금의 이 평온한 나날이 안락해서 차마 정하지 못하고 있었다.

그리폰들과 말을 잔뜩 빗질하고 있으니까 빗질 기술은 늘었을 것이다. 하지만 그것 외에는 아무것도 못 했다.

뭔가 생활하면서 모두에게 도움이 되면 좋겠는데. 하지만 나는 사냥감을 잡지도 못하고 요리할 줄도 모른다.

그러고 보니 새끼 그리폰들이 노래하는 도중에 어른 그리폰들도 참가했었다. 대합창이라고 할 만한 목소리로 노래하는 그리폰들을 보고 가슴이 뛰었다. 말도 노래하려고 했지만 그리폰들만큼 노래를 잘 부르지는 못하는 모양이라 낙담했다.

노래 부르고, 빗질하고, 새끼 그리폰들과 놀고, 어른 그리폰과 말에게 돌봄을 받으며 평온한 나날이 지나갔다.

그러던 어느 날, 사냥에서 돌아온 엄마 그리폰을 보고 나는 말문이 막혔다.

시야에 들어오는 선명한 빨강. 아주 큰 상처는 아니었지만 군데군데 다쳐서 애처로운 모습이었다. 흐르는 피를 보고 내 머릿속은 새하얘졌다.

"그리폰, 씨……."

한심한 목소리를 내고 말았다. 그래서 다친 엄마 그리폰에게 위로받고 말았다. 내가 위로해야 하는데 반대로 위로받고 말아서 자신이 한심해졌다.

사냥은 위험한 일이라 때로는 목숨을 잃기도 한다. 머리로는 알고 있어도 나는 그것을 실감하지 못했었다.

왜냐하면 이제껏 소중한 존재가 다친 모습을 본 적이 없었으니까. 아니, 별생각 없이 살던 나는 누군가를 소중하게 여긴 적조차 거의 없었다.

그리폰들이 지금까지 누구도 다치지 않았기에 다들 무사히 돌아오리라고 생각했었다. 하지만 그건 틀린 생각이었다.

나는 정말로 운 좋게 이 숲속에 혼자 버려졌어도 살아났다. 그리고 말과 만나서 그리폰들과도 만날 수 있었다.

하지만 만약 만나지 못했다면—— 그렇게 생각하니 무서웠다. 이 숲은 결코 안전한 장소가 아니었다.

그리폰들과 함께 있는 시간은 평온하고 즐거워서 나는 그리폰들을 정말로 좋아한다. 그러니 다치지 않았으면 좋겠다.

그 후로 줄곧 다치지 않기를 바랐다. 몇 날 며칠을 계속.

그러자 어느 날, 조금 이상한 꿈을 꿨다. 무슨 질문을 받았던 것 같다. 일어나니 꿈 내용은 기억나지 않았지만, 고개를 끄덕였던 것 같다.

◆

눈을 뜨자 시야에 금색이 들어왔다.

"와아."

나도 모르게 소리를 냈다. 엄마 그리폰에게 기대어 자고 있었는데, 깨어나 보니 갈색이었던 엄마 그리폰의 털이 아름다운 황금색으로 바뀌어 있었다.

빤히 엄마 그리폰을 보았다.

어제 내가 꾼 이상한 꿈과 관련 있는 걸까. 알 수 없지만, 일어나자마자 시야 가득 펼쳐진 아름다운 금색에 깜짝 놀랐다.

금색으로 바뀐 것은 엄마 그리폰 한 마리뿐이었고 살짝 몸집이 커진 것도 같았다.

뭔가 아주 예쁘고 멋있었다.

무심코 일어나 감탄한 나는 엄마 그리폰 주위를 빙글빙글 돌며 물끄러미 쳐다보고 말았다.

"그륵(부끄러워)."

"응?"

"그르르륵(그렇게 쳐다보면 부끄러워)."

그륵 하고 우는 엄마 그리폰의 목소리와 함께 머릿속에 뭔가가 흘러들었다. 혹시 엄마 그리폰이 하고 있는 말인 걸까?

"부끄러워……?"

"그륵(응?)"

"하는 말…… 알아들을 수…… 있게 된 것 같아."

"그륵?! (그런 거야?!)"

엄마 그리폰과 그런 대화를 나눈 후, 혹시 다른 그리폰들이나 말과도 대화할 수 있지 않을까 기대하며 모두에게 말을 걸러 갔다. 하지만 다른 이들의 말은 이해할 수 없었다. 나는 조금 시무룩한 기분이 들었다.

그건 그렇고, 엄마 그리폰하고만 대화할 수 있는 것은 모습이 바뀐 것과 뭔가 관계가 있는 걸까?

모습이 바뀌어서 엄마 그리폰과 이야기할 수 있게 됐나? 어째서 엄마 그리폰의 모습이 바뀐 것과 관련이 있는지 모르겠다. 이것저것 물어보니 엄마 그리폰도 이상한 꿈을 꿨다고 했다.

나는 꿈 내용이 전혀 기억나지 않지만, 엄마 그리폰은 확실하게 기억하고 있는 모양이라 설명해 줬다.

엄마 그리폰이 말하길, "그륵그륵으르르으으으(지킬 수 있냐고 물어서 고개를 끄덕였다)."라고 한다.

꿈속에서 나를 지킬 수 있냐고 묻기에 고개를 끄덕이자 변화가 찾아오다니, 어떻게 된 것일까. 역시 지금 일어난 일과 꿈은 관계가 있는 걸까? 알 수 없는 일들뿐이다.

"그르윽……."

"그르그륵……."

엄마 그리폰과 대화를 나누고 있으니 새끼 그리폰들이 슬픈 소리를 냈다.

뭐라고 말하는 것인지 엄마 그리폰에게 묻자 아무래도 '엄마만 얘기할 수 있어서 부럽다' '같이 떠들고 싶다' 라며 풀이 죽은 것 같았다.

나도 이야기할 수 없어서 슬펐다.

"그륵그륵그르르르(계약을 맺으면 무슨 말을 하는지 대충은 알 수 있어)."

"계약?"

풀 죽은 나와 새끼 그리폰들에게 엄마 그리폰이 말했다. 계약이라고 해도 그게 뭔지 나는 잘 모른다.

"그르르륵, 그륵그륵그륵(명명, 즉 이름을 지으면 계약할 수 있어)."

"이름?"

그 말을 듣자 마을에 있을 적에 유일하게 나한테 친절했던 약사 할아버지가 생각났다. 이미 돌아가셨지만, 생각해 보면 내 이름을 자주 불러 줬던 사람은 할아버지뿐이었다. 나는 '언니의 동생' 이나 '그것' 이라는 식으로 불릴 때가 많았다.

──똑같은 자식인데 그렇게 태도를 바꾸는 건 잘못됐다. 레룬다도 제대로 키워야 한다.

할아버지는 마을 안에서 유일하게 내 취급에 관해 부모님에게 의견을 말한 사람이었다.

언니가 특별한 것은 당연하다는 생각이 마을 안에 팽배했으나 할아버지는 내게 자상했다. 할아버지와 이야기하고 있으면 나는 기뻤다.

그 할아버지는 마물들에게 이름을 지어 주는 것에 특별한 의미가 있다고 했었다.

할아버지는 예전에 이런저런 곳들을 여행한 모양이라 다양한 것을 알고 있었다.

할아버지가 했던 말을 떠올리니 그리폰들과 말에게 이름을 지어 줘도 될지 고민되었다.

그리폰들과 말에게 이름이 특별한 의미를 가진다면, 그런 이름을 내가 지어도 괜찮은 걸까 싶어서. 이름을 짓지 않아도 문제없이 생활하고 있으니까 다른 일을 우선하고 이름은 나중으로 미뤄 두고 있었다.

그리폰들의 말을 들으니 할아버지가 말했던 '이름을 지어 주는 것에 있는 특별한 의미'는 이 계약을 뜻하는 걸지도 모른다는 생각이 들었다.

엄마 그리폰에게 자세한 이야기를 들어 보니, 마물과 사람이 맺는 계약이라는 것이 있는 듯했다.

이름을 짓고 그 이름을 마물이 받아들인 후 서로의 마력을 맺으면 계약이 이루어진다고 한다. 그렇게 마물과 계약을 맺은 존재를 세간에서는 '마물 사역자'라고 한다는 모양이다.

덧붙여 말이 통하게 되면서 그리폰들의 가족 구성도 들었다. 이 둥지에 있는 그리폰은 일단 엄마 그리폰과 남편 그리폰, 그 둘의 새끼 그리폰 두 마리. 엄마 그리폰의 언니 부부 그리폰과 새끼 그리폰 한 마리. 남편을 잃은 그리폰 한 마리와 성체가 된 자식 그리폰 한 마리, 마지막으로 새끼 그리폰 한 마리였다.

　그리고 말은 스카이호스라는 이름의 마물이라고 했다. 평범한 스카이호스는 불 마법을 못 쓰지만 말 씨는 변이체라 불 마법을 쓸 수 있었고, 그 탓에 버려진 것을 엄마 그리폰 무리가 키웠다고 했다.

　자신 역시 버려졌었다는 점도 말이 나를 도운 이유 중 하나인 듯했다.

　마물들에게도 그런 일이 있구나 싶어서 이상한 기분이 들었다.

　"그르그르그륵(다들 이름을 지어 달래)."

　"그래도 돼……?"

　"그륵(응)."

　"하지만 특별한 일 아니야……?"

　"그륵그르륵(레룬다는 가족이나 마찬가지니까)."

　"가족……?"

　'가족'이라는 말을 듣고 나는 마을에서 보냈던 생활을 떠올렸다.

　우리 가족. 특별한 언니. 특별한 언니를 소중히 여기던 부모님. 그리고 특별하지 않은 나.

나와 그리폰들과 말은 가족이나 마찬가지. 그 말을 마음속으로 몇 번이고 되뇌었다.

따뜻하고 포근한 관계가 가족인 걸까. 상냥하게 대해 주는 모두가 가족인 걸까.

확실히 마을의 다른 집들은 그런 느낌이었다. 즐겁게 웃는 모습을 본 적이 있다.

할아버지도 그렇게 말했던 것 같다. 가족인 딸에게 무슨 짓이냐며 할아버지는 아빠와 엄마에게 화를 냈었다.

하지만 언니가 특별하고. 나는 특별하지 않으니까. 구별하는 것은 당연하다고 생각했었다.

가족이나 마찬가지라는 엄마 그리폰의 말에 나는 '그렇구나' 하고 생각했다. 마을의 다른 아이들이 가족과 함께 웃었던 이유는, 내가 지금 그리폰들과 말에게서 느끼는 따뜻한 기분과 소중함을 그 아이들 역시 느끼고 있었기 때문일지도 모른다.

나는 그리폰들과 말이 소중하고, 그리폰들과 말도 나를 소중히 여긴다.

그렇구나. 이게 가족인가. 그럼 지금까지 내가 가족이라고 생각했던 가족은 가족이지만 가족이 아니었어?

"그륵? (왜 그래?)"

"……가족인가. 응, 나랑 모두는 가족."

가족.

그건 아빠와 엄마와 특별한 언니만을 가리키는 말이라고 생각했었다.

하지만 종족이 달라도 가족이 될 수 있는 것이다. 나도——다른 아이들처럼 함께 웃을 수 있는 가족을 가질 수 있다.

그렇게 생각하니 기뻐졌다.

"그럼 이름, 생각해 볼게."

열 마리 그리폰과 말. 합계 열한 마리의 이름. 솔직히 고민이 됐다. 누군가의 이름을 짓는 것 자체가 처음이었다.

고민하고 있으니, 생각나는 이름으로 지으면 된다고 엄마 그리폰이 말했다.

잠시 고민한 후, 모두의 이름을 불렀다.

우선 엄마 그리폰은 레이마, 남편 그리폰은 루루마, 새끼 그리폰은 오빠가 레마, 동생이 루마.

레이마의 언니는 리루하, 그 남편은 카미하, 암컷 새끼 그리폰은 루미하.

남편을 잃은 그리폰은 와농. 다 큰 자녀 그리폰은 리옹. 아직 어린 새끼 그리폰은 유잉.

말은 시포.

그리고 나는 모두와 계약을 맺었다.

"그륵그륵그륵~(계약해서 기뻐~)."

"그륵그르으으(나도 엄마처럼 금색이 좋아!)"

"그륵, 그르으(내 이름, 루미하!)"

"그르그륵? 그르그륵? (들려? 들려?)"

계약을 맺을 때 뭔가가 몸에서 쭉 빠져나가는 감각이 들었다. 이게 마력이라는 걸까? 조금 지쳐서 주저앉자 새끼 그리폰들이 각각 말을 걸어왔다.

모두의 목소리가 제대로 들려서 기뻤다. 귀여운 새끼 그리폰들을 보니 기뻐져서 다 대답해 줬다.

한동안 다 같이 잔뜩 이야기하다가 조금 진정되자 유잉이 내게 물었다.

"그르그르그륵? (뭔가 곤란한 점은 없어?)"

"……옷이, 없어."

실은 최근 고민하던 것을 말했다.

그리폰들과 시포는 옷을 안 입지만 그렇다고 나까지 알몸으로 있을 수는 없었다. 하지만 버려질 때 입고 있었던 옷밖에 없었고, 그것도 꽤 너덜너덜해져서 갈아입을 옷이 있었으면 좋겠다고 생각했었다.

내 말에 "그륵그륵그륵(알겠어)." 하고 유잉이 말했다.

옷 문제, 어떻게든 해 주려는 걸까?

◆

계약을 맺고 며칠 후, 나는 시포를 타고 산책 중이었다.

"시포, 기분 좋다. 그치?"

"히힝(응)."

바람이 기분 좋았다. 평온하고 부드러운 시간이었다.

마을에 있을 적에는 신경 쓴 적도 없지만, 숲속에서 살아 보니 화초 냄새가 좋았다. 숲속은 다양한 냄새가 가득해서 마을에 있을 적보다 마음이 편했다.

"시포, 나를 주워 줘서 고마워."

고맙다고 몇 번이든 말하고 싶다. 시포가 나를 주워 줬기에, 나를 발견해 줬기에 나는 모두와 만날 수 있었다.

그리폰들은 시포를 소중하게 여겼고, 그런 시포가 나를 데려왔기에 바로 받아들여 줬다고 들었다. 그러니 지금 이 생활이 있는 것은 시포가 나를 발견해 준 덕분이었다.

"히히히힝~(감사 인사를 들을 만한 일은 아니야)."

"아니, 말할래. 특별하지 않은 내게…… 상냥하게 대해 줘서 고마워."

아름다운 새하얀 말. 내가 보기에 시포는 특별하다. 특별한 언니야말로 시포와 함께 있어야 하는 거 아닐까. 언니가 시포와 더 잘 어울리지 않을까. 그런 생각이 살짝 들어서 쓸쓸해졌다.

그러자 시포는 내 말에 다정한 음색으로 대답해 줬다.

"히힝히힝~(가족에게 상냥한 건 당연해)."

"……특별하지, 않아도?"

"히힝, 히히히힝(특별한지 아닌지는 관계없어)."

"그래?"

특별하든 특별하지 않든 가족에게 다정한 게 당연하다는 사실에 놀랐다. 그렇구나. 내가 특별하지 않아도 다들 가족이라고 여기고 상냥하게 대해 주는 것이다.

그 사실에 충격을 받았다. 마을에서의 생활이 당연했던 내게 시포와의 생활은 놀라운 것투성이였다. 이런 세계가 바깥에 펼쳐져 있을 줄은 생각도 못 했다.

"특별한 언니가 있어도? 그래도 나는 가족이야?"

"히힝? 히히히힝~(언니? 잘 모르겠지만 상관없어)."

"그런 거야?"

"히히히힝~(다른 사람을 만나더라도 레룬다가 가족이라는 사실은 변하지 않아)."

언니가 특별해도 가족이라는 사실은 변하지 않는다며 시포는 망설이지 않고 말해 줬다. 그 말을 들으니 마음이 가벼워졌다.

특별한 언니가 눈앞에 있으면 특별하지 않은 나는 가족이 아니게 되는 것은 아닐까 하고 살짝 생각했으니까. 가족이라면 특별한지 아닌지는 상관없는 건가.

그렇구나. 지금껏 가족이라고 생각했던 사람들은 진정한 의미에서 가족이 아니었을지도 모른다.

"……히히히힝히히히힝~(무슨 걱정을 하는지 모르겠지만 나는 레룬다를 정말 좋아해)."

"……고마워."

버려져서 슬펐다. 특별하지 않다는 사실이 슬펐다. 하지만 그렇구나. 처음부터 가족이 아니었던 것이다. 가족이라고 생각했던 사람은 나뿐이었고 부모님과 언니에게 나는 처음부터 가족이 아니었다.

그렇게 정리하자 마음이 가벼워졌다.

모두가 내 가족. 상냥하고 따뜻한 이곳이 우리 가족의 장소다.

"가족, 기뻐. 역시 고마워, 시포."

시포는 몇 번씩 고맙다고 하는 나를 이상하게 생각하는 것 같았지만, 가족이 되어 줘서 고맙다는 마음이 내 속에 넘쳐 나고 있었다.

나와 그리폰들과 시포는 가족이다. 그렇게 생각할수록 오랜만에 웃음이 났다.

그렇기에 가족을 위해 천천히라도 목표를 찾고 싶다고 강하게 생각했다.

막간 교육 담당, 골머리를 썩이다

"싫이!! 왜 내가 그런 일을 해야 해!!"

"신녀는 특별한 존재이므로 공부해야 한다고 말씀드렸잖아요. 부디 이해해 주세요."

"난 공부 같은 거 하기 싫어!"

눈앞에서 한 소녀가 짜증을 부렸다. 변경 마을에 있다가 신녀로서 신전의 보호를 받게 된 앨리스 님이었다.

앨리스 님은 일곱 살이면서 아름다운 외모를 가지고 있었다. 장래 수많은 이성을 매료하는 미녀로 성장하리라고 벌써부터 예상이 될 정도였다.

부모님은 평범한 외모였으나 앨리스 님은 결코 평범한 마을 사람으로 보이지 않았다. 윤기 흐르는 아름다운 황금빛 머리카락과 반듯한 얼굴. 그 신비한 외모에 나는 처음 앨리스 님을 봤을 때 이게 바로 신녀라는 존재구나 감탄했었다.

하지만 지금은 이게 신녀인가 싶어 정신이 아득해질 것 같았다.

나, 란드노 스토파는 우리 나라인 페어리트로프 왕국 백작가의 넷째 딸로 태어났다. 그리고 신과 신녀에 관해 공부했다. 물론 다른 분야도 공부했지만 전문 분야는 신학이었다.

공부의 길을 걷게 된 나는 귀족 자녀를 가르치는 일을 했다. 그 결과, 나는 결혼도 하지 않은 채 곧 스무 살이 된다. 여자의 행복을 몰라도 좋다. 그저 계속 배우고 싶다. 나는 그렇게 바라고 있었다. 그러려면 자금이 필요해서 필사적으로 일했다.

그런 내게 신녀의 교육을 담당하지 않겠느냐는 이야기가 날아들었다.

신학을 전문으로 공부하는 내게 신녀는 한층 특별한 존재였다. 그렇기에 두말없이 수락했다. 하지만 앨리스 님은 생각보다 손이 많이 가는 분이었다.

"앨리스 님, 공부는 중요합니다. 신녀라는 존재는 다양한 힘을 가집니다. 그것을 올바르게 써야 해요."

신녀는 신에게 사랑받는 존재라고 한다. 과거에 신녀가 세상에 나타났던 것은 100년도 더 전이라 문헌도 적어서 신녀의 힘이 어떠한지 정확히는 파악되지 않았다.

다만 과거 문헌을 해독하면서 각 신녀마다 가지고 있는 힘이 다름을 알게 됐다.

이 세계에는 여러 신이 존재한다. 바람의 신, 불의 신, 물의 신, 땅의 신, 대장장이 신, 바다의 신, 하늘의 신 등 많은 신이 있다.

어떤 신이 신녀를 사랑하는지에 따라 영향과 힘이 다르다. 신녀는 신녀를 사랑하는 신의 영향력이 강한 존재와 연을 맺기 쉬워지거나 날씨를 조종할 수도 있다고 기록에 남아 있었다. 이를테면 100년 전에 존재했다는 신녀는 얼음신 효노 님에게 사랑받는 신녀였다고 한다. 그 신녀는 얼음의 정령과 친했던 모양이다.

또한 신녀라는 존재는 생물에게 축복을 줄 수 있다. 그리고 그 축복을 받은 사람은 기사라고 불린다. 100년 전의 신녀가 축복을 줬던 존재는 영웅이라고 불리기에 이르렀다.

문헌을 해독한 바에 따르면 모든 생물에게 축복을 줄 수 있는 것은 아니며 축복할 수 있는 횟수도 한정되는 것 같지만, 축복을 받아 기사가 되면 힘을 얻는다고 적혀 있었다.

신녀에게 축복받아 '신녀의 기사'가 되고 싶어 하는 자는 수없이 많다.

신녀는 결코 만능한 존재가 아니라는 것도 문헌을 읽어 알고 있었다. 하지만 그 영향력은 이루 헤아릴 수 없다.

"난 안 해!"라고 외치고서 방을 나가 버린 앨리스 님을 보고 이마를 짚으며 나도 모르게 한숨을 쉬었다.

정말로 저게 신녀일까. 어린 나이를 생각하면 조금 떼를 쓰는 것은 어쩔 수 없을지도 모르지만, 앨리스 님은 나고 자란 마을에서 공주님 취급을 받았던 모양이라 무척 제멋대로였다.

애초에 이 나라에서 신녀가 나타난 것 아니냐는 이야기가 나오기 시작한 것은 최근이다.

7년 전부터 이 나라는 천재지변이 닥치는 일이 적어지며 순조롭게 번영하는 중이었다. 처음에는 국왕 폐하의 정책 덕분이라고 여겨졌지만 그렇다고 하기에는 너무 순조로웠다.

혹시 신녀가 나타난 것 아니냐는 이야기가 나돌기 시작했다.

신녀의 발견이 늦어진 이유는, 이 나라에서 유일하게 신의 목소리를 들을 수 있던 자가 8년 전에 죽었기 때문이다.

신관 열 명이 의식을 행해 어떻게든 신의 목소리를 들었기에 이번에 신녀가 있는 곳을 파악할 수 있었다고 들었다. 신탁이 내려온 후, 그 신관 열 명은 의식의 영향으로 전부 쓰러져 버려서 아직도 몸져누워 있다고 한다.

……이 나라가 신의 목소리를 들을 수 있는 존재를 육성하지 못했기에 신녀를 바로 보호할 수 없었다는 이야기다.

하지만 그렇게 보호한 신녀가 이토록 자기중심적인 성격이라니.

"……앞으로 공적인 자리에도 신녀로 나갈 거면 저 상태로는 안 돼. 하지만 앨리스 님이 매너 같은 걸 제대로 배우려고 하실까."

신녀와 연을 맺고 싶은 자는 많다. 왕후 귀족도 예외는 아니다. 왕후 귀족과 어울리려면 매너 등을 더욱 공부해야 한다. 하지만 내가 생각하기에…… 앨리스 님은 배우려 하지 않을 것 같았다.

공부하자고 말만 해도 앨리스 님은 불쾌해했다. 신녀인 앨리스 님에게 미운털이 박혔다가는 신벌을 받지 않을까 싶어서 조마조마했지만 아직까지 그런 일은 없었다.

그러나 공부하기 싫어하는 앨리스 님에게 공부를 강요하지 말라며, 앨리스 님의 시중을 담당하는 사람에게 한 소리 듣고 있는지라 눈치가 보였다.

……위에서는 공부를 가르치라고 하고, 앨리스 님은 저 모양이고, 주위에서는 앨리스 님을 괴롭히지 말라고 하니 나는 어찌해야 할까.

3 소녀와 수인의 만남

"그르그르그르~."
"그륵그륵."
"그르그르그르으으으."
"그륵~."

내 눈앞에서 네 마리 새끼 그리폰 레마, 루마, 루미하, 유잉이 즐겁게 노래했다. 노래하는 네 마리를 보니 나도 가슴이 뛰었다.

레이마 말고는 체모의 색이 바뀌거나 몸집이 커지지 않았다. 무슨 계기로 그렇게 됐는지도 알 수 없었다.

금색이 되고 싶어 하는 루마를 금색으로 만들어 달라고 빌었지만 뭔가 꿈속에서 막힌 것 같았다. 어째서일까.

레이마는 겉모습만 바뀐 것이 아니었다. 레이마는 변화가 찾아온 뒤로 예전보다 강해졌다며 기뻐했고, 남편인 루루마는 레이마한테 사냥으로 지고 말았다며 낙심했다.

"힘내."

내가 그렇게 응원하자 루루마는 "그르륵! (힘낼게!)" 하고 울고서 다시 사냥하러 날아갔다.

새끼 그리폰들과 노래하고 나서는 시포와 함께 산책하러 가기로 했다.

"히히힝~? (레룬다, 탈래?)"

"……탈래."

그러고 보니 모두와 계약하여 말을 알아듣게 됐지만, 그건 그냥 '알아듣게 됐다'고 느끼는 것이라서 정말로 다들 그런 말투로 말하는 건지는 확실하지 않다. 다만 털이 황금색으로 변했던 레이마는 그대로 전해지고 있는 듯했다. 자세히는 모르겠지만 말을 알아듣게 된 것만으로도 좋았다.

그리고 옷은 금방 준비될 것이라고 했다. 어떻게 입수해서 가져온다는 것인지 물어보지 못했지만 옷이 생긴다니 기쁘다.

공기를 박차고 하늘을 달리는 시포.

그 등에 타 산책할 수 있어서 즐거웠다. 온몸에 바람이 느껴져서 기분 좋았다.

따끈따끈한 햇살 아래에서 하늘 여행. 마을에 있을 적에는 상상도 못 했던 일이다.

──숲속 깊은 곳에 있는 그리폰의 둥지까지 나는 마물에게 습격받지 않고 시포와 함께 올 수 있었다. 레이마가 다쳤던 일도 있어서 이 숲은 위험했다. 아직까지 위험한 일은 없었지만 조심해야 했다.

"~~~~ ♪"

시포를 타고 하늘 여행. 그것이 정말로 즐거워서 나는 무심코 노래를 흥얼거리고 말았다.

"히히힝힝~."

시포도 나와 함께 노래하려고 했지만 뭔가 조금 달랐다. 박자가 안 맞네? 하지만 시포가 즐거워 보여서 그런 말은 하지 않았다.

노래를 흥얼거리는 것이 이토록 즐거운 일임을 나는 모두와 만나고 처음으로 알았다. 모두를── 가족을 만나고 처음 알게 되는 것이 많았다.

노래를 흥얼거리며 그런 생각을 하고 있으니 뭔가 움직이는 소리가 났다.

뭔가가 다가오고 있어?

일단 입을 다물고 긴장하며 소리가 난 곳에 시선을 보냈다. 그러자 풀숲에서 내 또래로 보이는 소년이 나타났다. 내 눈은 그 소년에게 고정되었다.

귀가 있었다. ──얼굴 옆이 아니라 머리 위에. 그리고 꼬리가 보였다. 인간인 내게는 없는 동물적인 귀와 꼬리.

풍성풍성, 복슬복슬.

인간의 신체와 판박이인데 다른 부분이 있었다. 처음 보지만 이것이 수인이라는 걸까? 나는 놀란 얼굴로 이쪽을 응시하며 굳어 있는 소년을 한참 보다가 시포에서 내렸다.

시포가 "히힝?! (레룬다?!)" 하고 불렀지만 나는 흥미진진하게 소년에게 다가갔다.

나보다 조금 키가 큰 흑발 소년은 내가 다가가도 이쪽을 본 채 굳어 있었다.

"……저기."

말을 걸자 소년은 깜짝 놀란 표정을 지었다. 내 눈은 소년의 귀와 꼬리에 못 박혔다.

"……귀랑, 꼬리, 만져도 돼?"

"응?! 아, 잠깐, 그게." (복슬 복슬 복슬 복슬 복슬 복슬)

'응'이라고 했으니 괜찮겠지 하고 생각한 나는 복슬복슬 탐스러운 귀와 꼬리를 만끽하기로 했다. 귀와 꼬리로 손을 뻗어 마음껏 만져댔다. 그리폰들이나 시포와는 또 다른 느낌의 털. 복슬복슬해서 만지고 있자니 무척 기분이 좋았다.

그리폰들과 시포를 실컷 만지며 기분 좋게 만든 손이니 소년도 기분이 좋았을 것이다. 뭔가 말하려고 입을 열었으나 목소리는 도중에 끊어졌다.

수인, 처음 보지만 매우 푹신푹신하고 복슬복슬해서 좋았다.

"……만족."

최종적으로 만족한 내 눈앞에는 주저앉아 말로 표현할 수 없는 소리를 내고 있는 소년이 있었다.

귀는 늑대 귀인 것 같았다. 수인은 여러 종류가 있다고 들었으니 정확히 어떤 동물 수인인지는 알 수 없었다.

그리폰들이나 시포와는 또 다른 좋은 복슬복슬이었습니다.

"히히힝……(레룬다……)."

"……시포, 왜 그래?"

"히힝, 히히히힝(수인에게 그 부분은 중요해)."

"어?"

"히히히힝(짝만 만질 수 있을걸)."

시포의 말을 일순 이해할 수 없었다.

"짝?"

"히히히힝(부부를 말하는 거야)."

그렇다면 이 수인 소년의 아내가 될 사람이 아니면 만져선 안 된다는 건가. 그런 중요한 곳을 만져 버려서 미안했지만 좀 더 만지고 싶다고 생각하고 말았다.

"그럼…… 책임, 질게."

"뭐? 무, 무슨 소리를……."

"만지는 거, 특별한 의미라고, 방금, 들었으니까."

"아니, 그러니까 그렇게 간단히 말할 일이 아니잖아……. 그보다 누구한테 들은 거야?"

"시포."

소년은 바쁘게 표정을 바꿨다. 그 모습에 호감이 가는 이유는 내 얼굴이 이렇게까지 움직이는 일이 없기 때문일까? 나는 소년의 물음에 시포의 이름을 말하며 가리켰다.

"말을 알아들어?!"

"계약, 했으니까."

"계약……? 그럼 스카이호스에게 인정받았다는 거야?"

"인정받았는지는, 모르겠지만, 친해."

소년이 깜짝 놀란 것을 보면 마물과 계약을 맺는 사람은 흔하지 않을지도 모른다. 솔직히 그런 지식이 전혀 없는 내게는 무엇이 특별한지 잘 모르겠다.

"소년은…… 왜, 여기에?"

"소년이라니, 나한테는 가이아스라는 이름이 있어. 여기엔 우리의 신께서 계시니까! 아빠랑 같이 공물을 바치러 온 거야!"

"공물?"

공물이라는 말을 듣고, 나는 마을 사람들이 언니에게 잔뜩 가져왔던 물건들을 떠올렸다. 언니가 마을에서 잔뜩 받았던 것. 이런 깊은 숲속에 있는 가이아스가 모시는 신이란 뭘까.

"그래! 잘은 모르겠지만 옷을 갖고 싶다고 하셨다고 아빠가 그랬어."

"옷……?"

나는 그 말을 듣고 가이아스가 말하는 신이 누구를 가리키는지 대충 짐작했다.

"그리폰을, 말하는 거야?"

"어, 어떻게 알았어?! 너, 독심술 쓸 줄 알아?!"

"독심술 같은 거 못 써. 가이아스는, 아빠랑 같이 왔다가, 잃어버린 거야?"

"맞아. 뭔가 노래가 들리길래 궁금해서 이쪽으로 와 버렸어……."

"나랑, 시포가 부른 노래?"

"그래. 궁금해서 와 봤더니 스카이호스랑 네가 노래하고 있어서 깜짝 놀랐어. 그런 다음에는…… 내 귀랑 꼬리를 마구 만져대고! 이제 그런 짓은 수인한테 하지 마!"

가이아스는 나와 시포의 노랫소리에 이끌려 아빠를 잃어버린 모양이었다. 큰일이다.

그건 그렇고, 그리폰들이 신이라는 것은 무슨 뜻일까?

그리고 옷의 입수처가 수인이라니 놀라웠다. 공물이라고 했으니까 그리폰들은 정기적으로 공물을 받고 있는 걸까?

자연 속에서 생활하는 사람들에게는 강한 존재를 숭배하는 관습이 있는 것일지도 모른다.

그나저나 가이아스의 갈색 귀와 꼬리. 매우 복슬복슬하고 촉감이 좋았다. 더는 만질 수 없다는 것이 아쉬웠다. 솔직히 더 만지고 싶었다.

"책임지면, 가이아스의 귀랑 꼬리, 만져도 돼?"

복슬복슬한 털을 쭉 만지지 못하는 것보다 책임지고서 복슬복슬 삼매경에 빠지는 편이 더 좋을 것 같았다. 복슬복슬한 털을 만지고 싶고, 복슬이가 남편이 되는 것도 좋을 듯했다. 처음으로 수인을 만나고 기분이 달아올라 그런 마음이 들었다.

"너…… 여자가 그렇게 간단히 말하면 안 돼!"

"하지만, 만지고 싶어……."

"그, 그런 눈으로 봐도 안 돼!"

"……가이아스는, 내가 짝인 거, 싫어?"

"시, 싫진 않지만! 그런 문제가 아니라, 짝은 소중하니까 그렇게 간단히 정하는 게 아니라고 아빠가 그랬단 말이야!"

싫진 않구나. 꼬리가 흔들리고 있는데 실은 기쁜 걸까. 그랬으면 좋겠다. 뭔가 귀엽다. 흔들리는 꼬리도 쫑긋쫑긋 움직이는 귀도 만지고 싶다.

가이아스네 아빠도 가이아스와 똑같은 늑대 수인일까? 아니면 다른 종족 수인일까. 부모 자식이면 똑같나? 아니면 다를 수도 있는 걸까?

"곰곰이 생각해 보고, 되고 싶으면, 괜찮아?"

"그건…… 괘, 괜찮지만."

"괜찮구나. 가이아스, 귀여워."

붕붕 흔들리는 꼬리와 솔직한 말에 무심코 웃음이 났다. 그러자 가이아스가 굳었다. 왜 그러지?

"왜 그래……?"

"……아, 아무것도 아니야!"

"얼굴, 빨개?"

"보지 마!"

무슨 일일까. 뭐, 좋아. 그보다 가이아스에게 자기소개를 안 한 것 같다. 제대로 통성명을 해야겠다고 생각하여 자기소개를 하기로 했다.

"레룬다."

"응?"

"내, 이름."

"아아, 레룬다라고 하는구나. 그보다 레룬다는 왜 여기 있어? 인간은 이런 숲 안쪽까지 안 오잖아?"

"나, 버려졌으니까……."

"뭐?!"

버려졌다고 솔직하게 말하자 가이아스가 놀란 표정을 지었다.

확실히 인간은 이런 깊은 숲에 오지 않는다. 인간은 숲을 개간한 곳에서 살며 숲에는 마물이 있어서 오지 않는다.

나도 버려져서 시포가 데려오기 전까지는 이런 깊은 곳에 온 적도 없었다. 그러니 가이아스가 놀라는 것도 당연했다.

"버려졌다니, 괜찮은 거야?!"

"응. 괜찮으니까, 이렇게, 건강해."

가이아스는 나를 걱정해 준 모양이다. 초면인데도 착한 아이였다. 가이아스, 다정해.

마을에 살 적에는 이렇게 날 걱정해 주는 사람 따위 없었다. 걱정해 주는 것이 참을 수 없이 기뻤다. 모두가 걱정해 주면 마음이 무척 따뜻해진다.

그렇지, 참. 가이아스는 아빠를 잃어버렸다고 했다. 그럼 가이아스네 아빠도 가이아스를 걱정하고 있지 않을까? 나도 가족을 잃어버리면 분명 걱정할 거다. 그렇다면 빨리 가이아스네 아빠와 가이아스가 만나도록 해 줘야 한다.

가이아스네 아빠가 그리폰에게 바칠 공물을 가져왔다면, 그리폰 둥지로 돌아가면 어떻게든 되려나.

그건 그렇고, 내 옷을 전해 주러 온 탓에 가이아스가 미아가 됐다고 생각하니 미안한 마음이 들었다.

"미안해, 가이아스."

"응?"

"아마, 옷…… 내 거니까."

"무슨 뜻이야?"

가이아스가 깜짝 놀랐지만, 그보다도 빨리 아빠와 재회시키는 편이 좋겠지. 그렇게 생각하고 나는 가이아스에게 말했다.

"가이아스, 가자."

"어?"

"그리폰한테."

"뭐?!"

"아무튼, 타."

가이아스도 타도 되냐고 승낙을 얻은 다음, 둘이서 시포의 등에 타고 그리폰 둥지로 돌아가기로 했다.

◆

"다녀왔습니다~."

"그르윽(어서 와!)"

"그르그륵? (걔 누구야?)"

그리폰 둥지에 돌아가자 레마와 루마가 반기며 다가왔다. 내 뒤에 앉은 가이아스에게 루마가 흥미진진한 모습을 보였다.

나는 시포에서 내려 다녀왔다는 의미로 두 마리를 꼭 껴안았다.

"그르그륵(돌아왔구나)."

"응, 다녀왔어, 와농."

둥지를 비울 때는 어른 그리폰 중 한 마리가 남아 새끼 그리폰들을 돌봤다. 오늘의 돌봄 담당은 와농이었고, 나머지 새끼 그리폰 두 마리—— 루미하와 유잉은 기분 좋게 푹 잠들어 있었다.

이번에는 와농의 커다란 몸에 안겼다. 갈색 털에 엉킨 부분은 없었다. 내가 열심히 빗질한 덕택이었다.

꼭 끌어안으니 따뜻한 기분이 들었다. 나는 가족과 찰싹 달라붙어 있는 시간이 좋다.

"그륵, 그르그륵? (그런데 저기 굳어 있는 애는 누구야?)"

그 말을 듣고 와농의 시선이 향한 곳을 보자 아직 시포 위에서 내려오지 않은 가이아스가 어안이 벙벙한 표정을 짓고 있었다.

"……깜빡했어."

모두와 인사를 나누다 보니 데려왔다는 것을 까맣게 잊어버리고 말았다.

"가이아스…… 내려오는 게 어때?"

가이아스는 시포 위에서 내려와 당황한 표정을 지었다.

"……왜, 그리폰 님의 둥지에 레룬다가 있어?"

"나…… 여기가, 집."

"집?"

"응. 버려지고…… 여기서 살고 있어."

그렇게 말하자 가이아스는 소스라치게 놀랐다.

그건 그렇고 '그리폰 님'인가. 수인들에게 신으로 모셔지다니, 다들 대단하다. 나는 그런 모두가 무척 자랑스러웠다.

"……그렇, 구나."

"응. 다들 내 가족."

나에게 가족은 피가 섞인 가족이 아니다.

아직 함께 보낸 기간은 짧지만 그리폰들과 시포가 내 가족이었다. 다녀왔다고 인사하고 어서 오라며 맞아 주는 따뜻한 장소가 이곳에 오기 전까지 내게는 없었다.

이렇게 상냥하고 온화하게 지낼 수 있는 곳이 없었다.

없는 것이 당연했기에 무덤덤하게 생각했었다.

하지만 모두와 만나고 그런 장소가 생겨서 모두가 내 가족이라고 여겨졌다. 모두를 가족이라고 말할 수 있는 것만으로도 내 마음은 억누를 수 없이 따뜻해졌다.

"그륵, 그르그르그르! (레룬다는 내 동생이나 마찬가지야!)"

"그륵? 그르그르? (어? 누나가 아니고?)"

"그륵, 그르그르그르(동생, 그 외에는 생각할 수 없는데)."

"그르그륵그르으그륵(나랑 레마의 언니라고 생각해)."

"그륵, 그르그륵그르으(뭐든 좋아)."

"그륵! 그륵그르으으(응! 뭐가 됐든 가족이니까)."

레마와 루마 남매가 무척 귀여운 대화를 나눴다. 나도 언니든 동생이든 둘 다 좋았다. 뭐가 됐든 가족이라는 점은 변함없는걸.

"……가이아스네 아빠, 물어볼게."

웃음을 흘린 나를 얼떨떨한 눈으로 보는 가이아스에게 그렇게 말하고 와농에게 물었다.

"와농, 이 아이, 가이아스."

"그르그르그르(수인 아이구나)."

"응. 아빠를, 잃어버렸대."

"그륵그르르, 그르그르그륵? (그거 큰일이네. 물건을 전달하러 온 수인이 부모야?)"

"응. 그런 것 같아."

"그륵그륵그르르? (그럼 제단에 있지 않을까?)"

"제단?"

"그륵그륵그르르르(수인이 만든 곳이야. 이것저것 줘)."

흠흠.

수인들은 제단에 공물을 놓고 그걸 그리폰들이 가지러 가는 형태일까.

그건 그렇고 제단이 있구나. 전혀 몰랐다. 조금 흥미로웠다.

"그르그르그륵(물건을 놓고 난 뒤에도 주변을 돌아다니더라)."

"가이아스를 찾는 거야?"

"그르그르그르? (아마 그렇지 않을까?)"

"이쪽으로 부를 수 있어?"

"그르그르그르그륵그르르르르(별로 많지도 않으니 레이마한테 데려와 달라고 하자)."

와농은 그렇게 말하고서 카랑카랑한 울음소리를 냈다. 이 울음소리는 모두를 부르는 신호였다.

근데 꽤 큰 소리를 냈는데도 깰 기미가 없는 루미하와 유잉은 대체 얼마나 졸린 걸까. 푹 잠든 둘을 힐끔 보며 그렇게 생각했다.

그 후 "그륵? (무슨 일이야?)" 하고 돌아온 모두에게 설명해서 가이아스네 마을 사람들을 데려와 달라고 했다.

내내 굳어 있던 가이아스에게 그리폰들이 사람들을 데려와 줄 거라고 설명했지만 여전히 굳은 채였다.

이 틈에 귀와 꼬리를 만지면 안 되려나. 만져도 눈치 못 채지 않을까…… 하고 사냥감을 노리는 눈으로 쳐다봤던 모양이다. 시포가 "히히히힝(안 돼)." 하고 경고했다.

잠시 후, 그리폰들이 수인들을 데리고 왔다. 다만 발톱에 걸어서 운반하는 난폭한 방식이었다.

나를 옮길 때는 제대로 태워 줬기에 이런 방식으로 데려온 것을 보고 깜짝 놀랐다.

"난폭하게 굴면, 안 돼."

나는 대충 떨궈진 수인을 앞에 두고 허둥지둥 주의를 주었다. 이렇게 높은 위치에서 떨어지면 다칠지도 모른다.

"그륵그륵그르르(등에 태우기 싫어서……)."

"하지만 조심히 내려 줄 수는 있잖아."

루루마의 말에 나는 무심코 그렇게 말하고 말았다. 좀 친절하게 내려 주지.

"그르그르……(다음부터는 조심할게)."

주의를 받은 루루마는 조금 풀이 죽었다.

루루마가 내게 한 소리를 들은 후라 다른 그리폰들은 살짝 정중하게 수인들을 내려 줬다. 그리폰들이 데려온 네 사람은 전원 늑대 귀와 꼬리를 가진 수인이었다.

모두 어른으로, 가이아스를 포함하여 다섯 명이다.

적은 인원수로 그리폰에게 공물을 가져오는 것은 힘든 일이다. 내 옷도 가져와 준 것 같고, 고맙다고 인사해야겠다.

가이아스와 얼굴과 털이 비슷한 한 명은 아마 가이아스네 아빠일 것이다. 가이아스네 아빠는 나를 보고 놀라 말을 못 하고 있다가 퍼뜩 정신을 차리고 일어났다.

"그리폰 님, 어째서 저희를 이곳으로 데려오셨는지요. 그리폰 님의 둥지에 발을 들이게 해 주신 것은 영광입니다. 혹시 황공하게도 그리폰 님 곁에 서 있는 제 아들이 뭔가 실수를 저지르고 말았는지요. 저는 어떤 벌이든 받겠으니 부디 아들만큼은 살려 주시기 바랍니다."

아무래도 이곳에 있는 가이아스가 무슨 일을 저지른 나머지 그리폰들이 자신들을 이곳에 데려왔다고 오해한 듯했다. 하지만 일을 저지른 사람은 오히려 나였다. 가이아스의 귀와 꼬리를 마음껏 만져 댔으니 내가 사과해야 했다.

"나, 레룬다."

아저씨에게 인사해 봤지만 가이아스네 아빠는 말이 없었다. 무시한 것이 아니라 어떻게 대응하면 좋을지 몰라서 곤란한 것 같았다.

"가이아스네, 아빠?"

"나는 가이아스의 아빠가 맞지만… 너는……."

"가이아스네, 아빠, 죄송해요."

일단 죄송하다고 말했다. 그쪽 아드님에게 결례를 저지르고 말았다는 뜻을 담아서.

수인과 만난 것도 처음이라 그런 규칙이 있는지 몰랐다. 하지만 몰랐다고 해서 용서받을 수 있는 일이 아닐지도 모른다.

가이아스네 아빠가 뭐라고 할지 긴장되어 가슴이 벌렁거렸다.

"······왜 죄송하다고 하는 거지?"

"가이아스, 만지작만지작, 해 버려서."

솔직히 그렇게 말했지만 가이아스네 아빠는 곤혹스러운 표정이 있다. 실명을 바라듯 가이아스를 보았다.

"으음, 아빠. 노래가 들리는 쪽으로 갔더니 레룬다랑 스카이호스가 있었어. 거기서 레룬다가 날 마구 만져댔고······ 이리로 끌려왔다고 할까······. 그리고 난 아무런 실수도 안 저질렀어!"

가이아스가 필사적으로 설명했으나 가이아스네 아빠는 이해가 안 가는지 난처한 모습이었다.

"레룬다, 라고 했나. 네게 설명을 부탁해도 될까?"

일단 고개를 끄덕이자 가이아스네 아빠가 물었다.

"너는 인간인데 어째서 이곳에 있지?"

"다들, 가족이니까. 그리고, 여기가 집."

"······여기서 살고 있나?"

"응."

"가이아스는 왜 여기 있지?"

"미아였어. 그리고, 그리폰이 신이라고, 했으니까."

"우리를 데려온 이유는?"

"가이아스, 미아니까. 합류할 수 있게."

내가 그렇게 말하자 가이아스네 아빠도 다른 수인들도 생각에 잠겼다.

"가이아스, 가이아스네 마을 사람들, 왜 저래?"

"……나와 마찬가지로 그냥 놀라서 굳은 거야. 나도 아직 이
것저것 이해가 안 되는걸."

"그래?"

"어. 여기에 인간이 있는 건 이상하고, 인간이 그리폰과 같
이 사는 것도 이상하고……. 보통은 있을 수 없는 일이니까 좀
놀랐을 뿐이지 않을까……."

"그렇구나."

나는 그렇게 말한 후, 생각에 잠긴 수인들의 귀와 꼬리를 바
라보았다. 이 틈에 조금이라도 만지면 안 될까. 가이아스와는
다른 푹신푹신, 복슬복슬일까. 조금 궁금하다.

빤히 보고 있으니 가이아스가 내 생각을 알아차린 모양이다.

"……만지면 안 돼."

"대신, 가이아스를 만지는 건……?"

"안 돼."

이렇게 눈앞에 복슬복슬한 털이 있는데 만지면 안 된다
니……. 그렇게 슬퍼하자 자신은 만져도 된다며 그리폰들과
시포가 다가왔기에 나는 마음껏 복슬복슬을 즐겼다.

직성이 풀릴 때까지 만져대는 나를 수인들은 놀란 얼굴로 보
고 있었다.

그 후, 정신을 차린 가이아스네 아빠는 내게 많은 것을 물어

봤다.

"어떻게 여기서 살게 되셨습니까?"

"버려졌으니까."

숨길 일은 아니라고 생각했기에 솔직히 말했다. 그리고 지금은 그리폰들과 시포라는 가족이 있어서, 나는 버려진 것이 더는 슬프지 않았고 오히려 감사했다.

"……버려졌다는 말은, 가족에게 버려졌다는 뜻입니까?"

"응. 시포가, 이곳에 데려와 줬어."

"시포? 스카이호스의 이름입니까?"

"응."

"계약했다는 건 정말이군요. ……설마 그리폰 님들과도?"

"응. 그리폰들과도, 했어."

"……어느 그리폰 님과 계약하셨는지요."

"전부."

가이아스네 아빠는 내가 모두와 계약했다는 말을 듣고 눈을 크게 떴다.

"……여기 계신 그리폰 님 전원과 계약하셨다는 말씀입니까?"

"응. 그런데, 왜 존댓말?"

어린아이인 나한테까지 갑자기 존댓말을 쓰기 시작한 것이 이상해서 물어봤다.

"……그리폰 님과 계약하신 분께 무례히 굴 수는 없으니까요."

"그런 거, 신경 안 써도 돼."

여기 있는 사람이 특별한 언니였다면 모를까, 나는 가이아스네 아빠가 이렇게 깍듯이 대할 만한 사람이 아니었다. 그리고 가이아스네 아빠가 내게 존댓말을 쓰니 왠지 서운했다.

존댓말은 어쩐지 마음의 거리가 있는 느낌이 들어서 싫었다. 가이아스네 아빠가 나보다 훨씬 연상이고, 존댓말은 안 썼으면 좋겠다.

"하지만 그리폰 님의——"

"존댓말은 싫어."

"하지만——"

"평범하게, 말해 줘."

고집스럽게 거부하자 가이아스네 아빠가 먼저 꺾였다.

"알겠어. 존댓말은 안 쓸게. 이러면 될까? 레룬다."

"응!"

내 끈기의 승리였다. 애썼다고 만족스럽게 고개를 끄덕였다.

"다들, 이름, 알고 싶어."

이만큼이나 대화를 나눴는데 가이아스 말고는 이름을 몰랐다.

그러자 가이아스를 제외한 네 사람이 자기소개를 했다.

가이아스네 아빠는 아토스.

갈색 머리 여성 수인은 시노룬.

빨간 머리 남성 수인은 오샤시오.

갈색 머리 남성 수인은 동구.

"아토스 씨, 공물, 자주 가져와?"

"몇 달에 한 번 정도지. 기본적으로 희망 사항이 없으면 음식이나 그리폰 님께서 모으시는 물건을 가져와."

"그리폰들의 말, 알아들어?"

나는 무심코 묻고 말았다. 수인은 그리폰들의 말을 알아듣는 걸까 싶어서.

"그리폰 님의 말을 정확히는 알아듣지 못하지만 대충은 의사소통이 가능해. 이번에는 옷까지 있어서 놀랐는데 네가 입을 옷이었나."

"응, 고마워. 그리고, 왜 그리폰들이 신이야?"

"이 숲의 압도적인 강자니까. 그리고 숲속에서 생활하며 그리폰 님께 도움을 받은 적도 있어. 그런 것들이 거듭된 결과지."

그리폰들이 압도적으로 강하고, 때때로 도움을 받거나 은혜를 입는 등 그런 요소들이 겹친 결과, 이 숲속에서 그리폰들이 신처럼 숭배받는다는 말일까. 그리폰들, 대단해.

"아토스 씨는, 어디서, 살아?"

"여기서 동쪽으로 일주일쯤 걸어가면 우리가 사는 마을이 있어."

"가도, 돼?"

나도 모르게 아토스 씨에게 그렇게 물었다.

가이아스는 내가 처음으로 본 수인이었다. 다섯 명이나 되는 수인과 마주하는 것도 물론 이번이 처음이라 나는 수인의 마을에 흥미가 일었다.

그리고 여기서 그리폰들과 시포와 함께 사는 나날은 평온하고 즐겁지만 나는 인간이다. 수인들이 가져왔다는 옷도 그렇고, 계속 지내다 보면 문제가 생긴다.

나는 모두에게 도움을 받고 있다. 하지만 가족이라면 도움을 받기만 하는 것이 아니라 나도 모두를 지지하고 도와주고 싶었다.

수인 마을에 가면 내가 할 수 있는 일을 뭔가 찾을 수 있을지도 모른다. 앞으로 어떻게 살아갈지 명확한 목표를 찾을 수 있을지도 모른다.

······복슬복슬 가득한 수인 마을에 흥미진진하여 어떤 복슬복슬이 있을지 설레서 그런 면도 물론 있지만.

"우리 마을에? ······그건 상관없지만."

아토스 씨는 잠시 생각하는 모습을 보이고서 말했다. 그런 대화를 하고 있으니 줄곧 조용히 있던 레이마가 입을 열었다.

"그륵그륵그르르윽르으으(가기만 하는 게 아니라 그대로 거기서 사는 편이 좋아)."

"어? 레이마, 왜, 그런 말을 해? 내 집, 여기야."

나는 그저 수인의 마을에 가면 뭔가를 찾을 수 있을지도 모르니까 방문하려는 것이었다. 하지만 레이마는 그대로 거기서 사는 편이 좋다고 했다.

내 집은 여기인데. 레이마는 내가 필요 없어진 걸까. 아까까지 자신만만하게 가족이라고 했거늘 나는 불안해져서 눈물이 날 것 같았다.

"그륵(아니야)."

"그륵그륵그르르으으으으으, 그륵(울지 마, 레룬다. 우리는 널 위해 말하는 거야)."

레이마가 황급히 부정했고 리루하가 다정한 목소리로 말했다.

"날, 위해?"

"그륵그륵그르륵으르르(레룬다는 사람이니까 사람과 생활하는 것이 더 지내기 편해)."

타이르듯 레이마는 말을 이었다.

"그륵그르으(물론 같이 갈 거야)."

"같이 가 주는 거야?"

"그륵그륵그르르으으으으(계약자이자 가족인 레룬다와는 쭉 함께 있을 거야)."

불안하게 여겼었지만, 레이마가 힘 있는 목소리로 그렇게 말해 줘서 나는 안심했다. 내가 멋대로 불안해했을 뿐, 레이마는 전혀 그런 생각을 하지 않았구나 싶어서.

나에게 모두가 소중하듯, 모두도 나를 소중히 여긴다. 그걸 알고 기뻐졌다.

"아토스 씨, 레이마가……."

"레이마?"

"응. 이 금색 그리폰이, 나는, 사람의 마을에서, 지내는 편이 좋대."

"그건…… 우리 마을에서 살고 싶다는 말인가?"

"응. 민폐일지도, 모르지만, 부탁드려요."

내게는 따로 아는 사람이 더 없다. 그리고 그리폰들과 시포도 데려가려면 아토스 씨에게 부탁하는 것이 제일이라고 생각했다.

"나, 다들, 데려가고 싶어. ……안 돼?"

간절히 부탁하자 아토스 씨는 다른 수인들과 상담을 시작했다. 나는 그 모습을 보고 안 되는 걸까 싶어서 불안해졌다.

"나는 레룬다가 오는 거 딱히 싫지 않아."

"고마워, 가이아스."

내가 불안해하는 것을 알고 말한 거겠지. 가이아스는 상냥하다. 오늘 처음 만난 내게 다정히 대해 주는 가이아스가 좋아서 따뜻한 기분이 들었다.

이야기가 끝났는지 아토스 씨는 내 정면에 섰다.

"레룬다, 우리 마을에 사는 걸 허락하마. 그리폰 님들과 스카이호스를 데려오는 것도 상관없어."

"……고마워!"

내 갑작스러운 요청에 아토스 씨는 그렇게 대답해 줬다. 내가 살아도 좋다고. 모두 함께 와도 된다고. 그 말을 듣고 기뻐서 들뜬 목소리가 나왔다.

"다만 그리폰 님들도 오신다면 마을 쪽에서 받아들일 준비가 필요해. 인간인 레룬다를 받아들이는 것에도 그에 상응하는 준비가 필요하고."

"인간이면, 준비가 필요해?"

나는 아토스 씨의 말에 질문했다.

그리폰들도 포함해서 나를 제외한 모두는 그 의미를 제대로 이해하는 듯했다.

어째서 인간은 준비가 필요한지. 나만 몰랐다. 나는 무지했다. 마을에서 한정된 정보만을 알고 살아왔으니까.

더 다양한 것을 알고 싶었다.

"……레룬다는 어려서 모를 수도 있지만, 인간 중에는 우리를 '사람'으로 인정하지 않는 자가 그런대로 있어."

"사람으로 인정 안 해?"

무슨 뜻인지 알 수 없었다. 수인이라는 명칭에는 확실하게 '사람(人)'이라는 의미가 들어 있는데, 사람이 아니면 대체 뭐란 걸까.

"우리를 짐승으로 여기고 노예로 전락시키기 위해 포획하는 자도 있어. 아직 어리고 우리의 신인 그리폰 님과 친한 레룬다를 받아들이지 않는 일은 없겠지만, 그래도 복잡한 마음을 품는 자는 마을에 분명 있을 거야."

"……그렇, 구나."

충격적이었다. 나는 그런 사실을 전혀 몰랐다.

노예라는 건 붙잡혀서 큰일을 당한다는 거지? 언니가 납치당하면 어쩌나 하고 부모님이 이야기하는 것을 들은 적이 있기에 그 말뜻은 이해했다.

하지만 수인은 말도 통하고 함께 웃을 수 있는 똑같은 사람이라고 나는 생각한다. 실제로 이렇게 만나서 이야기해 봤기에 왜 사람으로 인정하지 않는지 이해할 수 없었다.

나고 자란 마을에서는 수인과 만날 기회가 없어서 생각조차 하지 않았었다.

인간이 제일, 인간이 으뜸. 그렇게 생각하는 사람이 있구나.

그리고 수인을 사람으로 인정하지 않고 몹쓸 짓을 하는 인간
이 있구나.

솔직히 다 같이 사이좋게 지내는 편이 분명 즐거우리라고 생
각한다. 하지만 차별하고 몹쓸 짓을 하는 사람이 실제로 있는
것이다.

"그래. 그렇기에 시간을 줬으면 좋겠어."

"응."

내가 고개를 끄덕이자 아토스 씨는 웃어 줬다.

아토스 씨는 준비가 되면 데리러 오겠다고 했다. 준비가 될
때까지는 여기서 느긋하게 있자.

완전히 해도 저물어서, 늦은 시간에 숲을 걷는 것은 위험하
기에 다들 그리폰 둥지에 묵기로 했다.

나는 평소처럼 새끼 그리폰들과 잠들었는데 이날은 가이아
스도 함께였다. 가이아스는 사양했으나, 같이 자고 싶다고 사
정하자 고개를 끄덕여 주었다.

그래서 새끼 그리폰 네 마리와 가이아스의 복슬복슬한 털에
둘러싸여 잠들 수 있었다. 무척 행복한 밤이었다.

막간 교육 담당, 추방되다

"란드노 님, 신녀님의 기분이 좋지 않으십니다. 신녀님이 좀 더 기분 좋게 공부하실 수 있도록 노력할 마음이 없는 겁니까?"

"신녀님이 우셨습니다. 신녀님을 울리다니, 그런 짓을 해도 된다고 생각하십니까?"

"신녀님께 공부가 필요할까요? 신녀님은 존재만으로 모든 것이 용서되는 분입니다. 그런데 그런 신녀님께서 울고 계시는데 공부를 강요하다니요."

"요전번에는 공부하라고 신녀님을 윽박질렀다면서요? 그런 짓은 용서받을 수 없습니다."

나는 지금 신녀 앨리스 님의 가정 교사로서 페어리트로프 왕국의 왕도에 인접한 도시, 아가타에 있었다. 아가타는 대신전이 존재하는 유서 깊은 도시였다.

하지만 문제점이 있었다.

신녀 앨리스 님은 변함없이 공부하기를 싫어했다.

시골 마을에서 생활했으니 글자를 못 읽는 것은 어쩔 수 없는 일이다. 그래서 글자를 가르치고 조금씩 다른 분야로 공부 범위를 넓히려고 했는데, 전혀 진전이 없었다. 오히려 어째서 신녀인 자신이 그런 짓을 해야 하냐며 뻗대고 있었다. 그런 신녀에게 글자를 가르치기란 어려웠다.

게다가 앨리스 님은 서럽게도 울었다. 나이를 생각하면 울고 떼쓰는 것은 이해가 가는 일이라고 할 수 있다. 그러니 우는 것 자체는 문제가 없지만 그 후가 큰일이었다.

울음을 터뜨리면 주위 사람들이 가엾다든가 억지로 가르치지 말라고 하는 것을 안 뒤로 앨리스 님은 더더욱 울고불고 난리를 치게 되었다. 누구한테 들었는지 '나한테 몹쓸 짓을 하면 신께서 벌을 내리실 거야!!'라는 말까지 꺼내게 되었다.

신녀인 앨리스 님의 태도 때문에 내 평판이 떨어지고 있었다. 원래부터 좋지 않았던 가족과의 사이도 점점 나빠졌다.

이대로 앨리스 님을 가르치려 하며 스트레스 받는 나날을 보내겠지. 그리고 내 평판은 떨어질 대로 떨어지겠지 하고 생각했다.

그러던 어느 날, 왕도에 벼락이 떨어졌다.

왕도라고는 해도 왕궁이 아니라 왕도 일부에 떨어졌다고 한다. 신녀 앨리스 님에게 억지로 공부를 강요해 앨리스 님의 기분이 상했기에 신벌이 내린 게 아니냐는 이야기가 나오기 시작했다.

돌아가는 상황이 심상치 않았다.

그래서 나는 최악의 가능성을 생각하여 행동을 개시하기로 했다.

나는 어쨌든 귀족의 피를 이어받았으니 무슨 일이 일어나더라도 죽이지는 않겠지만 만일에 대비해 도망칠 준비를 했다.

결과적으로 대신전과 왕궁에서도 앨리스 님의 기분이 상해서 신벌이 내렸다고 여겼다. 나는 가정 교사 자격을 박탈당했고, 이 나라에 신벌이 내리는 계기를 만들었다며 왕도 그리고 대신전이 있는 아가타에서 추방을 언도받았다. 두 번 다시 발을 들여서는 안 되는 추방이었다.

이에 관해서는 준비해 둔 것이 있기에 상관없었다. 앨리스 님을 가르치는 것에 한계를 느끼던 차이기도 했다.

신녀라는 숭고한 존재의 가정 교사라는 점은 자랑스러웠으나 내 힘으로 앨리스 님을 가르치기에는 짐이 무겁다고 자각하고 있었다.

나는 냉큼 떠나기로 했다. 겸사겸사 이 나라에서도 떠날 생각이었다.

불길한 예감이 들었으니까.

솔직히 내게는 이 정도 일로 추방하는 나라에 신뢰는 이미 없었다. 내게 이야기를 들은 친구들도 마찬가지였는지 준비가 되면 나라를 떠날 것이라고 했다.

나는 나라를 떠나기 전에 신녀 앨리스 님이 있었다는 마을에 들르기로 했다.

솔직히 말하자면 나는 앨리스 님이 정말 신녀인지 의문스러웠다. 접하면 접할수록 앨리스 님은 신녀가 아닌 것 같다는, 아니, 신녀라고 믿기 싫다는 생각이 강해졌다.

그래서 나는 뭔가를 기대하듯 앨리스 님이 살던 마을로 향했다.

하지만 왕도와 아가타에서 그런대로 거리가 먼 그 마을에 도착하고 깜짝 놀랐다.

신녀가 살던 곳이라고 해서 행복이 넘치는 마을일 줄 알았다. 신녀가 사랑한 곳이니 행복이 가득 흘러넘치는 것은 당연하다고 생각했다.

그러나 마을 분위기는 어두웠고 마을 사람들의 얼굴도 우중충했다.

"무슨 일 있었나요?"

나는 깜짝 놀라서 그렇게 물었다. 그리고 마을 사람들의 대답에 또 놀랐다.

해충 때문에 작물이 피해를 봐서 지금까지 풍작이 이어졌다고는 믿을 수 없는 상황이라고 했다. 그 이야기를 듣고, 역시 앨리스 님은 정말 신녀일까 의문이 들었다.

신녀를 조사하는 과정에서 신녀에게 사랑받은 자는 행복을 얻는다는 것을 알았다. 신녀가 떠난 뒤에도 신녀가 사랑한 토지가 황폐해지는 일은 없다.

그리고 신녀의 영향 범위는 넓다. 앨리스 님이 신녀라면 신녀는 아직 페어리트로프 왕국 소속이다. 그렇다면 이 나라가 쇠퇴할 일은 기본적으로 없을 터다.

신녀가 나고 자란 마을조차 황폐해지는 마당에 나라 전체가 쇠퇴하지 않는 것은 이상했다.

다만 신녀에 관한 기록이 너무 적어서 실제로 그런지는 알 수 없었다. 그러나 공부해 가면서 그렇게 보였다.

그렇다면 앨리스 님은 역시 신녀가 아니지 않을까…… 하고 생각하고 만 것이다.

　나는 우연히 이곳을 찾은 여행자로 가장하여 마을 사람들에게 이야기를 들었다.

　그중 한 사람이 놀라운 사실을 가르쳐 줬다.

　앨리스 님에게는 쌍둥이 동생이 있었다고.

　신녀로 거둬진 앨리스 님의 집에는 딸이 한 명 더 있었다고.

　신탁을 받은 신관들은 아직 몸져누워 있다. 그들은 대신전에 신녀가 어디에 있는지, 신녀의 나이가 몇 살인지 등을 전했다고 했다. 적어도 신녀를 찾으러 떠난 신관이 들은 이야기는 그런 내용이었을 터다.

　신녀가 쌍둥이일 가능성 따위 누구도 생각 못 하지 않았을까? 자기 딸이 신녀일지도 모르는데 또 다른 딸을 숨기리라고는 생각지 않을 것이다.

　게다가 지금도 그 존재를 별로 이야기하지 않으려는 것 같고, 혹시 그 쌍둥이 동생은 버려진 것이 아닐까.

　수다쟁이 아이가 한 명 있어서 앨리스 님의 쌍둥이 동생 이야기를 들을 수 있었지만, 그 이야기는 너무 떠들면 안 된다고 어른들이 입막음을 해 둔 상태라 그 이상은 듣지 못했다. 다만 버려져서 어딘가로 사라졌다는 것은 알았다.

　홀로 쫓겨난 일곱 살 아이가 지금도 살아 있으리란 보장은 없다.

　하지만 어쩌면 그분이야말로 신녀일지도 모른다. 그렇게 생각한 나는 신녀일지도 모르는 그 소녀의 발자취를 좇기로 했다.

4 소녀와 수인 마을

"준비를 마쳤다."

한 달쯤 지난 뒤, 아토스 씨가 그렇게 말하며 나를 찾아왔다. 아토스 씨와 같이 온 사람들은 전부 저번에 봤던 수인들이었다. 가이아스도 있었다.

수인 마을은 어떤 곳일까. 사이좋게 지낼 수 있을까. 한 달 동안 줄곧 그 생각만 했다. 그와 동시에 설레기도 했다. 나는 나고 자란 마을과 그리폰 둥지밖에 모르기에 새로운 곳은 어떤 곳일지 상상의 나래를 펼쳤다.

그러면서 한 가지 목표가 생겼다. 수인들과 친해지고 싶다는 것이었다. 모처럼 수인 마을에서 살게 됐으니 거기 사는 사람들과 친해지고 싶다는 감정이 샘솟는 것은 당연했다.

"앞으로, 잘 부탁, 드려요."

나는 아토스 씨를 향해 고개를 숙였다.

누군가에게 신세 질 때 마을 사람이 이렇게 하는 것을 본 적 있으니 아마 틀린 행동은 아닐 것이다.

"……그래. 레룬다는 어떻게 이동할 거지?"

"시포, 탈 거야. 보여 주고 싶은 거, 있어."

나는 이동할 때 시포를 탈 예정이었다.

그러면서 든 생각이 수인들도 그리폰이 운반하면 더 빨리 마을에 도착할 수 있지 않을까 하는 것이었다.

"……이건 뭐야?"

내가 안내한 곳에서 아토스 씨가 본 것은 그리폰이 손수 만든 바구니였다. 수인들이 두 명씩 들어갈 수 있을 만한 크기였다.

바구니에 끈이 달려서 그걸 어른 그리폰이 발톱에 걸고 운반하는 형태였다.

"여기 들어가. 그리고 그리폰, 운반해."

설명했지만 제대로 전달됐을지 불안했다. 잘 전해졌으면 좋겠는데.

"그러면, 도착, 빨라져."

마을에서는 이렇게 이야기할 일이 없었기에 역시 말하는 게 서툴렀다.

이런 식으로밖에 못 말해서 마을 사람들에게 이런저런 소리를 들었었다. 그런 점도 있어서 말하는 것 자체에 망설임이 있었다. 하지만 아토스 씨도 가이아스도, 다른 수인들도 내가 이런 식으로 말해도 마을 사람들처럼 왈가왈부하지 않았다. 상냥했다.

"우리가 여기에 타면 그리폰 님께서 운반해 주시는 건가. 그래도 될까?"

"응. 등은, 싫은, 것 같지만, 이거라면 괜찮대."

"그런가……. 그럼 감사히 따르지."

"장소는, 모르니까, 가르쳐 줘."

"마을 위치는 물론 이쪽에서 알려 주겠어."

"고마워."

아토스 씨는 말을 술술 잘해서 굉장했다. 그리고 이해도 빨랐다.

나도 더 잘 말하고 싶다. 아토스 씨의 말을 들으며 그렇게 생각했다.

그리폰 둥지를 떠나고 며칠 후, 수인 마을에 도착했다.

서른 명쯤 되는 수인들이 우리를 맞이했다. 이 마을에는 늑대 수인밖에 없는지 다들 늑대 귀와 꼬리가 달려 있었다. 수인 마을은 종류별로 나뉜 걸까.

시선이 나를 꿰뚫었다.

이렇게 많은 사람에게 주목받는 것은 난생처음이었기에 작게 공포심이 싹텄다.

"어쩌, 지."

시포 위에서 곤란해하고 있으니 그리폰들이 수인이 탄 바구니를 쿵 내려놓았다.

"그륵그륵그르르으(제대로 운반했으니까 칭찬해 줘)."

"그륵그륵그르으(맞아, 맞아)."

리루하와 카미하 부부가 바구니를 내린 후 그렇게 울며 내게 다가왔다. 어른 그리폰인데도 이 부부는 이런 귀여운 구석이 있었다.

"고마워."

감사 인사를 하고 시포에 탄 채 리루하와 카미하의 머리를 몇 번 쓰다듬었다. 두 마리는 기분 좋은 듯 울었다.

나는 다른 모두에게도 감사 인사를 하고 시포에서 내렸다.

모인 수인들은 놀란 얼굴로 나를 보고 있었다.

그리폰들과 시포, 내 가족이 함께 있어 주니까 기운이 났다. 무슨 말을 하면 좋을지 고민되지만 열심히 말을 걸자. 그렇게 생각할 수 있는 것은 가족 덕분이었다.

"나, 레룬다. 잘 부탁, 드려요."

내가 그렇게 말하고 머리를 꾸벅 숙이자 그리폰들과 시포도 따라서 머리를 숙였다.

이에 수인들은 허둥거렸다.

"그리폰 님께 절을 받다니!"

"고개 숙이지 않으셔도 괜찮습니다!!"

바구니에서 내려온 아토스 씨가 상황을 수습했다.

아토스 씨는 이 마을의 수장이라고 한다. 몰랐던 사실이라 조금 놀라고 말았다.

그런 다음 아토스 씨와 가이아스가 마을을 안내해 줬다.

이곳은 숲을 개간하여 만든 마을이었다. 이 마을은 수십 년 전에 생겼는데, 아토스 씨의 아버지가 만든 마을이라고 했다.

그래서 마을 밖으로 한 발자국만 나가도 광대한 숲이 펼쳐졌다.

"레룬다, 상담할 게 있는데."

아토스 씨는 그렇게 운을 떼며 말을 꺼냈다.

"그리폰 님들께 숲의 마물을 좀 처리해 달라고 부탁할 수 있을까?"

마물. 내가 아는 마물은 그리폰과 시포뿐이다. 하지만 일반적으로 마물은 너무나도 무서운 존재였다. 마물 때문에 목숨이 위험해지기도 했다.

그리폰들은 그런 무서운 마물을 처리할 수 있는 힘을 가지고 있을 것이다.

아토스 씨의 요청에 나는 "다들 싫어하지 않는다면." 하고 말하고서 고개를 끄덕였다. 신세 지게 됐으니 이런 일은 자진해서 해야 한다고도 생각했다. 물론 본인들의 의사가 가장 중요하지만.

"레룬다와 그리폰 님과 스카이호스가 마을에서 같이 산다고 마음이 복잡한 사람도 있어. 그런 자를 억제하기 위해서도 부탁하마."

"……신세 지니까, 할게."

그렇게 말하자 아토스 씨는 안도한 표정을 지었다.

내가 억지를 부려서 아토스 씨는 고생하고 있었다. 내가 마을에 오고 싶다고 해서, 같이 살고 싶다고 해서. 아토스 씨의 말을 듣고 그 사실을 처음으로 깨달았다.

"……억지 부려서, 죄송해요."

"여기 오고 싶다고 한 것 말이야? 확실히 설득하느라 좀 애먹긴 했지만, 그리폰 님과 스카이호스에게 이토록 사랑받는 인간과 교류할 수 있는 건 우리한테도 이점이 있으니까, 그렇게 신경 쓰지 않아도 돼."

내가 사과하자 아토스 씨는 그렇게 말하며 웃었다.

나는 마을에 가고 싶어서, 생각나는 대로 말했다.

하지만 아토스 씨는 여러모로 생각한 후에 내 요청을 받아들인 듯했다. 어른은 이것저것 어려운 생각을 하는 모양이다.

"레룬다에게 못되게 굴지는 않을 거야. 우리는 그리폰 님과 스카이호스를 적으로 돌릴 생각이 없어. 그리고 가이아스도 네가 마음에 들——"

"아빠, 무슨 소릴 하는 거야!"

"무슨 소리냐니, 그 후로 줄곧 레룬다 얘기만 했잖아."

"……그건! 이런 녀석은 흔하지 않으니까……."

"내, 얘기…… 기뻐."

아토스 씨와 가이아스의 이야기를 들으며, 가이아스가 내 얘기를 해 줬다고 생각하니 왠지 기뻤다.

"나랑, 가이아스, 친구 될 수 있어?"

내게는 친구가 없지만 단어의 뜻은 알고 있었다. 언니와 마을 아이들의 관계는 친구와는 달라 보였으나 마을 아이들끼리는 친구였을 것이다.

"……이미 친구 아니야?"

"그래?"

"적어도 나는 친구라고 생각했는데."

"……그랬구나. 기뻐."

"뭐가?"

"친구, 처음이야."

가이아스는 나를 이미 친구라고 여기고 있었구나. 그렇게 생각하니 마음이 따뜻해졌다.

첫 친구.

내 말에 아토스 씨와 가이아스는 놀란 표정을 지었다. 왜 놀라지? 하고 의문이 싹텄다.

"……그러고 보니 레룬다는 버려졌었다고 했지."

"응, 맞아."

"친구도, 없었어?"

"응."

마을 사람들은 나를 그다지 인식하지 못했다. 언니의 동생으로 알고는 있었지만 다들 내게 관심이 없었다. 이름도 거의 불린 적이 없다. 마을 사람들에게 나는 언니의 동생일 뿐이었다.

정작 언니가 나를 어떻게 생각했는지는 모른다. 쌍둥이여도 언니와 대화한 적이 거의 없었으니까. 내게 언니는 특별하고 먼 존재였다.

집에 겨우 남아 있던 선조님의 모습을 격세 유전으로 쏙 빼닮은 언니를 부모님은 소중히 여겼다. 그리고 가장 특별하고 신성한 존재라고 했다. 그래서 부모님은 내가 언니에게 다가가는 것을 싫어했다.

나는 언니에게 접근하면 안 되는 존재라고 아빠도 엄마도 말했다. 나는 언니와 달리 평범했고, 부모님이 그런 태도이기도 해서 다른 마을 사람들도 동조했다.

마을에 있을 적의 나는 늘 혼자였음을 새삼 깨달았다.

마을에서 유일하게 내게 말을 걸어 줬던 할아버지를 제외하고.

"레룬다, 그럼 여기서 친구를 많이 만들어."

"……친구가 돼 줄까?"

"나도 도울 테니까."

그렇게 말하며 가이아스는 웃었다. 기쁨이 흘러넘쳤다.

아토스 씨는 내 머리를 쓰다듬어 줬다.

"머리, 누가 쓰다듬어 주는 거, 처음이야."

그렇게 중얼거리고 아토스 씨를 올려다보았다.

"더, 쓰다듬어 줬으면, 좋겠어."

쓰다듬는 손길이 기분 좋아서, 깜짝 놀란 얼굴인 아토스 씨에게 그렇게 말하자 가이아스도 함께 나를 쓰다듬어 줬다.

아토스 씨와 가이아스는 그런대로 큰 독채로 나를 안내했다. 나무로 만든 간단한 집이었다. 예전 마을에서 살았던 집보다 컸다.

그리폰들도 생각하여 함께 살 집으로 준비했을 것이다. 그 증거로 그리폰들이 집에 들어갈 수 있게 입구가 컸다.

"원래 빈집이었던 것을 지내기 쉽게 개축했는데, 어때?"

"굉장해. 고마워."

기뻐하며 아토스 씨랑 가이아스와 함께 집에 발을 들였다. 침대와 램프 등 최소한의 살림살이밖에 없었다. 하지만 우리를 위해 이렇게 살 집을 준비해 준 것만으로도 기뻤다.

새끼 그리폰들은 우리와 함께 집에 들어왔다. 어른 그리폰들은 집 밖에 둥지를 만든다며 따로 행동하고 있었다. 와농만이 새끼 그리폰들과 나를 지켜보기 위해 남았다.

덧붙여 시포는 집 바로 근처에서 느긋하게 있었다. 시포는 꽤 마이페이스였다.

"그리폰 님은 뭐라고 하셨지?"

수인들은 그리폰의 말을 대충 이해하지만 정확히는 모르기에, 갑자기 다들 날아가자 깜짝 놀라서 그렇게 물었다. 나는 이에 대답했다.

"둥지를, 만든대."

"그런가."

"응. 그리고, 그리폰들, 이름 있어."

아토스 씨에게 무심코 그렇게 말해 버린 이유는 아토스 씨가 그리폰들을 계속 '그리폰 님'이라고 뭉뚱그리기 때문이었다. 내 가족인 그리폰들은 다 똑같지 않다. 각자의 생활이 있는 별개의 존재인데, 하는 생각이 들어서 나온 말이었다.

"……아아, 레룬다가 부르는 이름인가."

"레룬다가 지은 거야?"

아토스 씨와 가이아스가 각각 말했다.

"응, 맞아."

이름이 있다면 이름으로 불러야 하지 않을까. 내가 이름 불리는 것을 기쁘게 여기기에 더더욱 그렇게 생각하고 말았다.

마을에 있을 때, 사람들은 레룬다라는 내 이름을 거의 부르지 않았다. 나는 내 이름이 레룬다라고 간신히 이해하고 있었지만, 내 이름을 부르는 사람이 아무도 없었다면 이조차 잊어버렸을지도 모른다.

지금까지 불리지 않았던 이름을 모두가 제대로 불러 주는 것이 나는 무척 기뻤다.

아토스 씨는 황공한 일이 아닐까…… 하고 주저했지만 새끼 그리폰들이 "그륵그르르르르(레룬다가 지은 이름으로 불러 줘)."라고 해서 이름으로 부르게 되었다.

그 후, 마을 사람들에게 잘 부탁한다고 다시금 인사하러 가게 되었다.

다들 자기소개는 했지만 솔직히 모두가 내게 우호적이라고는 할 수 없었다.

"레룬다입니다. 잘 부탁드려요."

내 이름을 말하고 앞으로 잘 부탁한다는 마음을 담아 고개를 숙였다.

그렇게 마을을 돌면서 수인 아이가 있는 집에도 갔다. 하지만 직접 대화는 하지 못했다.

마을에 갑자기 찾아온 인간 아이와 소중한 제 자식을 대면시키고 싶지 않은지 어른 수인들이 아이에게 물러나 있으라고 해서 제대로 대화를 할 수가 없었다.

슬그머니 나를 보던 남자아이가 "머리 부스스해.""쟤 뭐야." 하고 말하는 것만큼은 들렸다.

확실히 나는 머리카락을 제대로 정돈하지 않았다. 마을에 있을 적에는 직접 잘라서 엉망이었고, 그리폰들과 지내다 보니 머리 같은 건 신경 쓰지 않았다. 그 결과, 여기 와서도 나는 머리를 그대로 두고 있었다. ……자르는 편이 좋으려나. 앞머리도 자랐고. 나는 주위 사람들이 보기에 내 머리가 이상하다는 걸 깨닫고 그렇게 생각했다.

"……가이아스, 나, 머리 자를래."

언제 수인 아이들과 제대로 만날 수 있을지는 모르겠지만, 그때 이상하다고 여겨지지 않도록 머리를 자르고 싶었다.

직접 자를 생각이었으나 인사가 끝나고 아토스 씨가 잘라 주겠다고 했다.

"선호하는 머리 모양 있어?"

"특별히, 없어. 하지만 짧은 건, 싫을, 지도."

너무 짧으면 허전해서 머리카락은 늘 길게 유지했다. 아토스 씨는 내 말을 듣고 익숙하게 머리를 잘라 줬다. 손길이 능숙했다.

"아토스 씨, 대단해."

"가이아스의 머리도 내가 잘라 주고 있으니까."

그렇구나. 확실히 예전 마을에서도 부모가 아이의 머리를 잘라 주는 경우가 많았던 것 같다. 전문적인 사람이 없기도 해서 언니의 머리도 엄마가 잘랐었다. ……생각해 보면 누가 내 머리를 잘라 주는 것은 처음이었다. 누가 내게 뭔가를 해 준다는 것에 왠지 마음이 따뜻해졌다.

"다 됐다."

우물에서 물을 길어 수면에 비친 나를 보았다. 깔끔하게 정돈된 내 모습이 비쳤다.

"잘 어울려?"

가이아스에게 묻자 "으, 응." 하고 대답했으니 아마 잘 어울리기는 할 것이다.

◆

수인 마을에 도착하고 며칠 후, 나는 가이아스와 함께 있었다.

나는 내가 뭘 할 수 있을지 생각하고 있었다. 마을에서 살게 해 주는 대신 그리폰들과 시포가 마물로부터 마을을 지켜 줬으면 좋겠다고 했던 아토스 씨의 말을 듣고 생각했다. 나도 이 마을을 위해 뭔가 하고 싶다고.

즉시 마을 사람들을 도와주고 싶었지만, 그보다 먼저 마을에 사는 아이들을 소개받게 되었다.

가이아스가 내 손을 이끌어 줬다. 이렇게 누군가와 손을 잡고 걷는 것도 처음이었다.

가이아스와 만난 뒤로 처음 겪는 일이 가득했다. 가이아스와 만나지 않았다면 이렇게 지낼 수 없었을지도 모른다. 이곳에 있지 못했을지도 모른다.

우연은 정말로 굉장하다.

총 서른 명이 사는 마을에서 아이의 수는 가이아스를 포함해 일곱 명이었다. 나를 이끌며 가이아스가 그렇게 가르쳐 줬다.

가이아스와 아토스 씨가 설득하기도 해서 마침내 아이들끼리 만나는 자리가 마련되었다. 머리도 잘랐고, 받아들여 줬으면 좋겠다.

가이아스는 내게 첫 친구다. 다른 여섯 아이와도 친구가 될수 있을까? 친구라는 게 한 명도 없었던 나인데 그렇게나 친구가 늘어날까?

"왜 그래?"

잡힌 손을 꽉 맞잡자 가이아스가 물었다.

"수인 아이들…… 친구, 돼 줄까?"

가이아스는 괜찮을 거라고 했지만, 나는 정말로 수인 아이들과 친해질 수 있을지 불안해졌다. 가이아스와 친구가 된 것만으로도 친구가 없었던 내게는 기적인데. 정말로 더 많은 친구가 생길까?

"지금 만나러 가는 녀석들 말이야?"

"응."

"불안해? 괜찮아. 나도 있으니까 그렇게 걱정 안 해도 돼."

가이아스는 찡긋 웃고서 내 손을 잡지 않은 반대편 손으로내 머리를 쓰다듬어 줬다. 가이아스, 상냥해. 상냥하게 대해주면 마음이 따끈따끈해진다.

"쓰다듬어 주면, 안심돼."

"그래? 다행이네."

"응. 고마워."

조금 불안하지만, 가이아스의 웃는 얼굴을 보고 안심했다. 안심이 돼서 힘내자는 생각이 들었다.

가이아스에게 이끌려 나는 여섯 아이 앞에 섰다. 가이아스가 나를 소개해 줬다.

"이 아이가 레룬다야. 앞으로 이 마을에서 같이 살 거야."

주목받으니 조금 두근거렸다. 여섯 명의 눈이 나를 보았다.

"나, 레룬다. ……잘 부탁해."

이곳에는 늑대 수인 아이밖에 없었다. 귀와 꼬리의 색은 다르지만.

여자아이가 둘, 남자아이가 넷.

"나는 시노미라고 해. 잘 부탁해."

"나는 카유! 잘 부탁해."

두 여자아이는 웃으며 맞아 주었다. 그 미소를 보고 안도했다.

남자아이들의 이름도 들었다. 이루케사이, 루체노, 리리드, 단동가라는 이름인 것 같았다. 각각의 이름을 확실하게 머리에 넣었다.

머리를 자르기도 해서 그들은 나를 보고 이상하다고 하지 않았다. 하지만 태도가 조금 묘해서 별로 이야기하지 못했다. 왜일까?

◆

"그 글자는 말이지……."

눈앞에서 할머니가 자상하게 미소를 지었다.

그리폰 둥지에 왔었던 오샤시오 씨의 어머니로, 오샤시오 씨와 똑같은 붉은 머리였다. 나이 때문에 색깔은 조금 옅어졌지만 얼굴도 많이 닮았다.

글자 공부는 가이아스와 다른 수인 아이들도 함께했다. 다만 날짜에 따라 모두 모이거나 세 명밖에 없는 등 제각각이었다.

오늘은 나와 가이아스와 리리드와 시노미, 네 사람이 할머님에게 글자를 배우고 있었다.

"레룬다, 그 글자 틀렸어!"

"정말?"

나보다 한 살 많은 남자아이, 리리드의 말에 나는 내가 쓴 글자를 보았다. 할머님이 본보기로 적은 글자와 죽을힘을 다해 비교했다. 빤히 바라보고 틀린 곳을 알아차렸다. 선이 하나 부족했다.

"이러면, 돼?"

"그래. 됐어!"

고쳐 써서 보여 주자 리리드가 웃었다.

수인 남자아이들과 처음 만났을 때는 친해지지 못했지만, 그 후 조금씩 사이가 좋아졌다.

"레룬다도 리리드도 친해져서 다행이야."

생글생글 웃으며 그렇게 말한 사람은 리리드와 동갑인 시노미였다. 시노미는 늘 다정한 웃음을 짓는 아이로, 함께 이야기하다 보면 마음이 굉장히 편해진다.

"진짜, 친해져서 다행이야, 레룬다."

가이아스도 그렇게 말하며 내가 모두와 친해진 것을 진심으로 기뻐해 줬다.

할머님은 우리가 사이좋게 이야기하는 것을 보고 온화하게 미소 짓고 있었다.

다 같이 대화를 나누며 글자 공부가 진행되었다.

"인간의 글자와 수인의 글자는 다르단다."

인간이 쓰는 글자와 수인이 쓰는 글자는 조금 특징이 다르다는 것도 배웠다. 대체로 똑같지만 약간 다르다고 한다. 나고 자란 마을에서는 글자를 배운 적도 없었고, 글자를 읽을 줄 아는 사람도 거의 없었기에 몰랐다.

이 마을에서는 할머님이 글자를 가르치고 있기도 해서 글자를 읽을 줄 아는 사람이 많았다.

글자를 배우면 할 수 있는 일이 늘어날 테니까, 할머님이 같이 배우겠냐고 했을 때 기뻐하며 고개를 끄덕였다.

할머님은 자상한 눈빛으로 정성껏 가르쳐 줘서 나는 곧장 할머님을 아주 좋아하게 되었다.

글자를 능숙하게 읽고 쓰게 되면 할머님이 가진 책을 빌려주겠다는 약속도 했다.

나는 말하는 데 서툴러서 느릿느릿 말하지만 할머님은 분명하게 이야기를 들어 줬다. 할머님은 친절하고 따뜻해서 안심된다.

글자를 배운 후에는 마을 사람들을 돕는다.

수인들은 기본적으로 사냥한 것을 먹을 때가 많았다. 나무 열매 등을 따서 먹기도 하지만 다들 사냥하러 나간다.

나는 역시 사냥에는 따라갈 수 없으므로 요리나 청소나 옷 만드는 것을 도왔다. 도와주면 다들 뭔가 답례를 줬다.

처음에는 도와주겠다고 하면 마을 사람들이 나를 수상쩍게 봤었다.

아마 내가 수인 아이였다면 그렇게 경계하지 않았을 것이다.

하지만 내가 인간이라는 것은 바꿀 수 없으니 어쩔 수 없는 일이었다. 여기서 살기로 했으니까 친해지기 위해 최대한 노력하자고 생각했다.

열심히 돕다 보니 머지않아 수인들도 웃어 주게 돼서 나는 무척 기뻐졌다.

"고마워, 레룬다."

"레룬다는 착한 아이구나."

상냥하게 웃어 주는 마을 사람들을 나는 곧바로 사랑하게 되었다. 모두의 이름도 그렇게 외울 수 있었다.

그리고 동시에 나는 고향에 있을 때를 떠올렸다.

고향에 있을 때, 나는 부탁을 많이 받았다. 특별하지 않은 나를 키우고 있으니 많은 일을 하라고 했었다.

그때는 고맙다는 말을 듣지 못했다. '고마워'라는 말을 들었을 뿐인데 이렇게나 기쁘고 모두를 위해 힘내자는 생각이 든다는 것을 처음 알았다. 그래서 나도 고맙다고 느끼면 소리

내어 말하자고 생각했다.

"그르그르그르~(같이 도와줄게)."

"히히히힝! (나도.)"

그리폰들과 시포도 나를 거들었다.

그뿐만 아니라 그리폰들은 사냥도 도와줬다. 뭐든 잘하는 우리 가족은 정말 대단했다.

모두가 잡은 사냥감을 수인들에게 나눠 주면 기뻐해 줘서 나도 기뻤다.

나는 요리도 배우고 있었다.

할머님은 큰 도시에나 있는 조미료 등에도 환해서 맛있는 요리를 잔뜩 알고 있었다. 할머님이 가르쳐 준 특제 양념을 고기에 쓰니 이제껏 먹었던 고기와는 비교가 안 될 만큼 맛있었다. 조금 궁리했을 뿐인데도 이렇게 맛있어지는구나 싶어서 나는 깜짝 놀랐다.

"나, 요리, 열심히 할 거야!"

맛있는 음식을 더 많이 만들고 싶다. 맛있는 음식을 더 많이 먹고 싶다. 그렇게 생각하고 말하자 할머님은 웃으며 "그래. 나도 열심히 가르쳐 주마." 하고 말해 줬다.

수인 마을에서의 생활은 새로운 일이 가득했다.

해 본 적 없는 생소한 일이 가득했다.

다음으로 도와줄 사람을 찾아 걷다가 넘어져서 무릎이 조금까지고 말았다.

오랜만에 다쳐서 깜짝 놀랐다. 나는 아픔을 느낀 적이 전혀 없었기에 눈물이 핑 돌았다.

신기하게도 나는 맞는 일은 매번 피했지만 내 부주의로 다치기는 했다.

"까졌구나. 이리 오렴."

약사님이 걱정하며 말을 걸어왔다. 약사님의 집은 독특한 약내가 났다.

"다친 곳을 보여 주겠니."

그 집에 들어가자 약사 언니—— 제시히 씨가 걱정스럽게 말하며 치료해 줬다.

"고마, 워."

"천만에. 하지만 레룬다도 조심하렴. 이번에는 그냥 까졌을 뿐이지만 더 크게 다칠지도 모르니까."

"응."

나를 걱정해 준다는 사실에 마음이 따뜻해졌다.

"치료, 대단해."

"대단하니? 난 배운 일을 하고 있을 뿐이야. 아직 멀었어."

"하지만, 대단해."

빠르고 정확한 처리를 보고서 나는 제시히 씨도 돕고 싶다고 생각했다. 이렇게 또 하고 싶은 일이 늘어난다.

"나, 제시히 씨, 돕고 싶어."

"나를? 후후, 그럼 이것저것 가르쳐 주기로 할까."

제시히 씨가 웃으며 고개를 끄덕여 줘서 내가 돕는 곳에 제시히 씨의 집도 추가되었다.

여기저기서 일을 거들며 수인들과 교류했다. 이렇게 많은 사람과 대화하는 것은 난생처음이었다. 처음 겪는 일들뿐이라 불안도 컸다. 하지만 그보다도 처음 겪는 일이 기쁘다는 마음이 더 강했다.

가족도 이곳에 함께 있고, 가이아스와 아토스 씨가 상냥하고, 할머님을 아주 좋아하게 되었기에 기쁘다는 마음이 더 강한 것일지도 모른다.

수인 마을이 좋다. 모두가 좋다.

따뜻해서 마음이 따끈따끈했다.

"나…… 모두가, 정말 좋아."

"그륵그륵그르르(다행이네)."

그러고 보니, 레이마만 금색 털이 되기도 해서 수인 마을 사람들은 그리폰들 중에서도 특히 레이마를 우러르는 것 같았다.

하지만 지금은 그리폰들도 마을 사람들을 돕거나 아이들과 놀아 주기도 해서 예전보다 거리가 가까워졌다고 아토스 씨가 그랬다.

그때 수인 마을에 가고 싶다고 말하길 잘했다. 이곳에 오길 잘했다고 나는 진심으로 생각했다.

그렇게 즐겁게 지내던 어느 날, 수인 한 명이 크게 다쳐서 돌아왔다.

"에시타! 괜찮아?!"

"저쪽 벼랑에서 떨어졌어. 어떻게든 마을까지 데리고 돌아왔지만, 구조에 시간이 걸린 탓에 상당히 약해졌어."

"이대로는…… 에시타, 내 말 들려요?!"

다른 사람에게 안겨 집으로 옮겨지는 에시타 씨에게, 아토스 씨와 제시히 씨를 중심으로 모두가 모여 열심히 말을 걸었다.

온 마을이 소란스러워진 가운데, 시포와 산책하고 막 돌아온 나는 상황을 이해하지 못했다. 연달아 사람들이 들어가는 에시타 씨의 집을 들여다보니── 에시타 씨는 피를 흘리며 의식이 없는 모습으로 누워 있었다.

에시타 씨는 내가 일을 거들면 고맙다면서 웃어 주는 수인 오빠였다.

머릿속이 새하얘졌다.

"에시타!"

"누가 약 좀 가져와!"

"이 부상이라면 오래 못 버틸지도 몰라!"

주변이 소란스러웠다. 괜찮냐는 말소리가 들렸다. 흐느끼는 사람이 있었다.

싫어, 싫다고 생각했다.

에시타 씨가 죽는 건 싫다고 강하게 바랐다.

바라고, 바라고, 강하게 바라니──.

빛이 번쩍였고 나는 의식을 잃었다.

◆

벼랑에서 떨어져 크게 다친 에시타의 상처가 순식간에 나았다. 레룬다의 몸이 빛나고 나서 일어난 일이었다.

나는 그 모습을 보고 깜짝 놀랐다. 나를 할머님이라며 따르는 레룬다는 여러 가지로 신기한 점이 많은 아이였다.

우선 그리폰 님과 스카이호스와 친하다는 점, 그리고 이번에 아마도 마법을 썼다는 점까지.

인간은 수인만큼은 아니어도 마법을 쓰지 못하는 자가 많은 종족이다. 그런데 레룬다는 이토록 대단한 마법을 썼다.

순식간에 큰 부상을 고치는 마법이라니, 신전에 소속된 대신관도 할 수 없는 일이지 않을까. 역사에 이름을 남길 만한 신성 마법 사용자라면 모를까, 현재 살아 있는 인간 중에 이 정도로 신성 마법을 구사할 수 있는 자는 레룬다 외에 없을지도 모른다. 레룬다는 그 정도로 어마어마한 일을 했다.

──우리 마을에 사는 수인 한 명을 위해 이렇게 큰 기적을 일으킨 것이다.

레룬다는 아마 평범한 아이가 아닐 것이다. 그 사실을 뼈저리게 느꼈다. 우리는 힘을 쓰고 쓰러진 레룬다를 그리폰 님들과 같이 사는 집으로 옮겼다. 그리고 가이아스가 레룬다를 돌보는 동안 우리 어른들은 이야기를 나누게 되었다.

레룬다라는 존재에 관해.

레룬다 본인은 자신이 특별하다고 전혀 생각하지 않는 것 같았다. 아니, 애초에 모르고 있을 수도 있다. 그런 레룬다는 정말로 위험한 존재였다. 자신이 가진 힘을 모른 채 지내는 것만으로도 위험한 일이다.

레룬다는 버려졌다. 아마 인간 마을에서는 레룬다가 특별하다는 것이 기적적으로 알려지지 않았으리라. 만약 레룬다가 특별하다는 사실이 알려졌다면 레룬다는 인간 사회에서 빠져나오지 못했을지도 모른다. '특별'한 존재로 추대되어 지금의 모습으로는 있지 못했을지도 모른다.

레룬다는 가족에게 외면받고 버려져서 결과적으로 우리 마을에 도달했다. 힘든 일을 겪은 것은 불행한 일이지만, 레룬다가 특별하다는 사실이 탄로 났다면 지금처럼 느긋하게 지낼 수는 없었으리라.

레룬다는 다정한 아이다. 힘든 환경 속에서도 그 마음은 올곧다. 하지만 다정하기에 걱정되었다.

"레룬다는—— 정체가 뭘까."

누군가가 불쑥 중얼거렸다. 이에 나는 대답했다.

"레룬다는 레룬다야. 열심히 우리를 도와주고, 다친 사람을 위해 마법을 쓰고서 쓰러져 버리는 다정한 아이야. 그 아이는 다른 아이들과 다를지도 몰라. 하지만 나는 그 아이를 사랑해. 다들 그렇지 않아?"

레룬다는 레룬다다. 남들과는 다른 부분이 있어도 그것이 레룬다다. 다정하고 배려할 줄 아는 여자아이다. 그런 레룬다이기에 나는 그 아이를 사랑한다.

정체가 뭔지 알 수 없어서 불안하게 여기는 것은 당연하다. 두려워하는 것은 당연하다. 하지만—— 우리는 레룬다를 분명하게 알고 있다.

　별난 구석이 있어도 다정한 아이라는 것을.

　설령 특별한 부분이 있더라도 레룬다는 레룬다임을.

　그래서 우리는 레룬다에게 특별한 부분이 있더라도 우리 마을의 소중한 일원이라고 다 같이 재인식했다.

　쓰러진 레룬다가 어서 깨어나 기운을 차렸으면 좋겠다. 나는 그렇게 소원했다.

◆

　"응⋯⋯."

　천천히 눈을 떴다. 천장이 보였다. 익숙한 천장이었다. 아아, 그래. 여긴 우리 집이야.

　어라? 나 왜 자고 있었던 거지?

　머리가 어지러웠다. 일어나려고 하니 힘이 들어가지 않았다. 이런 상황은 처음이라 당황했다.

　"아!"

　문이 열림과 동시에 가이아스의 목소리가 들렸다.

　"깨어났구나! 다행이다⋯⋯."

　"응. 나⋯⋯ 무슨 일 있었어?"

　"기억 안 나?"

　"응⋯⋯ 모르겠어."

　가이아스가 걱정하며 누운 내 곁으로 다가왔다.

나한테 무슨 일이 있었던 걸까.

생각해 봤지만 솔직히 모르겠다. 머리가 아파서 생각이 정리되지 않았다.

"……레룬다가 상처를 고쳤어."

"고쳤, 어?"

"그래. 죽을지도 몰랐던 상처를 고쳤어. 느닷없이 레룬다가 빛나더니 에시타 씨의 부상이 나았고……. 그리고 레룬다가 쓰러졌어."

그 말을 들으니 생각났다.

그랬다. 나는 친절한 수인 오빠가 다친 것을 봤고 그게 싫다고 생각했다. 그랬더니—— 상처가 나았어? 어떻게 된 걸까. 잘 모르겠지만 그래도.

"……살아, 있다면…… 다행이야."

친절했던 사람이 사라지는 것이 싫었다. 그래서 에시타 씨가 나아 다행이라고 진심으로 생각했다. 하지만 가이아스는 무서운 얼굴을 하고 있었다. 왜 그러는 걸까.

"레룬다가 쓰러진 건 아마 상처를 고쳤기 때문이래."

"……나, 뭔가, 했어?"

바랐고. 빛났고. 쓰러졌다. 솔직히 무슨 일이 일어났는지 전혀 모르겠다.

"레룬다에게 마력이 있다고 어른들이 그랬어."

"마력?"

마력이라는 건 마법을 쓰는 데 필요한 힘이지?

마법이라는 굉장한 힘이 있고, 그걸 쓸 수 있는 사람이 세상에는 있다고 한다. 하지만 그건 특별한 사람만 쓸 수 있을 터. 마법을 쓸 수 있는 사람이 별로 없다는 것은 알고 있었다.

그런데 내게 마력이 있다고?

"그래서 마법으로 상처를 고쳤기에 마력이 고갈되어 쓰러졌을 거라고……."

"그런, 거야?"

내가 마법을 쓸 수 있었다. 언니와 달리 나는 특별하지 않을 텐데. 상처를 고칠 만한 마법을 쓸 수 있다는 사실에 나는 깜짝 놀랐다.

하지만…… 에시타 씨가 죽지 않아서 다행이었다.

"레룬다, 너무 그렇게 무리하면 안 돼."

"……왜? 살아나는 거, 좋은 일이야."

"아니, 그렇긴 하지만……. 레룬다는 어리고, 마력도 그렇게 많지 않을 거라고 아빠가 그랬어. 레룬다는 이번에 쓰러지는 정도로 그쳤지만, 마력이 떨어져서 죽어 버릴 때도 있대! 그러니까 그렇게 무리하면 안 돼."

가이아스에게 혼났다.

"……하지만, 나보다…… 모두가, 살아나는 게, 좋아."

왜냐하면 다들 상냥하니까. 상냥해서, 따뜻해서, 마음이 따끈따끈해서. 짧은 시간이었지만 모두를 진심으로 사랑하게 됐을 정도였다.

그래서 나는 사랑하는 사람들이 죽는 건 싫었다.

"……그리고, 나는, 아마…… 괜찮을 거야."

아마 나는 괜찮으리라는 생각이 들었다. 여태껏 나는 어떻게 되려나 싶었을 때도 신기하게 어찌어찌 살았다.

"……만에 하나 내가 죽더라도, 내가 큰일을 겪는 것보다, 다들 죽는 게, 더 큰일."

그리고 내가 큰일을 겪는 것이라면 그나마 괜찮지 않을까 싶기도 했다. 내가 큰일을 겪더라도, 사랑하는 따뜻한 사람들이 살아남는다면 그걸로 좋았다.

"그런 문제가 아니잖아!"

생각한 바를 솔직하게 말했을 뿐인데 가이아스에게 재차 혼났다. 가이아스가 화내서 깜짝 놀랐다. 평소에는 이렇게 화내지 않는데. 왜 화내는 걸까.

"레룬다…… 내가 왜 화내는지 모르겠다는 얼굴이야."

고함친 후, 가이아스가 어이없다는 목소리로 말했다.

내게 마력이 있어서 마법으로 누군가를 고칠 수 있고. 나는 살짝 쓰러질지도 모르지만 아마도 죽지 않을 테고. 그리고 죽더라도 내가 죽는 대신 다른 모두가 살아난다면. 좋은 일이라고 생각하는데 어째서 화내는 걸까.

"응. ……모르, 겠어."

"하아…… 레룬다."

"응……."

"우리를 좋아해?"

"응."

"이 마을도?"

"응."

"아마 죽지 않기를 원했기에 마법이 발동했을 거라고. 어른들이 그랬어."

"싫었, 으니까."

"있잖아…… 우리도 레룬다가 죽지 않기를 원해."

"응?"

모두가 정말 좋다. 따뜻하고. 친절하고. 같이 있으면 기뻐서. 그래서 없어지는 게 싫었고. 바랐고.

그 마음과 바람이 아마 마법이 되었다. 믿을 수 없지만 나는 그런 마음이 있었기에 마법을 쓸 수 있었다.

그건 내 안에 있는 마음이다. 내가 느끼는 마음.

그런 마음으로 다들 나를 생각하고 있었어?

"레룬다 너, 이유는 모르겠지만 자신은 안 죽는다고 확신하는 것 같은데. 절대적인 건 없어. 그리고 자기가 죽더라도 모두가 살아나면 괜찮다니. 그럴 리가 없잖아. 다음에 레룬다가 마법을 쓰면 정말 죽어 버릴지도 몰라."

"……응."

"안 죽더라도, 지금처럼 몸도 일으킬 수 없는 상태가 될 거야. 본인은 모를 수도 있는데 네 얼굴, 엄청나게 창백해."

그렇구나. 내 얼굴이 어떤지도 전혀 몰랐다. 나는 가이아스의 말을 묵묵히 들었다.

"그렇게 되면 우리도 싫다는 걸 알아줘! 레룬다가 쓰러졌을 때, 다들 걱정했어. 레룬다는 자신이 쓰러지더라도 모두가 낫는 편이 좋다는 태도지만, 자신을 좀 더 소중히 여기란 말이야. 좀 더…… 우리가 레룬다를 소중히 여긴다는 걸 자각하라고!"

가이아스는 소리치듯 말했다. 그리고 말을 이었다.

"레룬다도, 내가 괜찮다고 우기며 아빠를 따라 사냥하러 가서 매번 다쳐서 돌아온다든가 그러면 싫지?"

"응……."

"레룬다가 하는 '괜찮다' 는 말은 그런 거야."

가이아스가 그런다면 나는 걱정한다. 안 그러길 바랄 것이다. 아아, 그렇구나. 똑같은 기분이구나. 내가 가이아스를 소중히 여기듯 가이아스도 나를 소중히 여기는 것이다. 그래서 화내는 것이다.

내가 자기 자신을 소중히 여기지 않는다고.

이렇게 혼나는 것은 처음이었다. 이렇게 누가 나를 걱정해 주는 것도 처음이었다. 소중하다는 말을 듣는 것도 처음이었다.

"웃, 레룬다, 왜 울어?! 미안, 말이 너무 심했나?! 하지만 다들, 그리고 나도 레룬다가, 소, 소중하니까, 무리하지 않았으면 해서 그런 거야!!"

나는 어느새 눈물을 흘리고 있었다.

눈물 흘린 적 따위 전혀 없었는데. 하지만 지금은 슬퍼서 우는 것이 아니었다.

"아니, 야. 기뻐, 서."

"기뻐?"

"응. 기뻐."

나는 기뻤다.

걱정된다고 화내 줘서. 소중하다고 말해 줘서. 이렇게 따뜻하게 질책 받은 적은 처음이었으니까.

아빠도 엄마도 마을 사람들도 이런 식으로 화내지 않았다. 이렇게 마음이 따뜻해지는 방식으로 화내지 않았다.

그래서 기뻤다.

소중하다고 보여 준 것이. 이렇게 화내 준 것이.

"가이아스, 내가, 소중하다고."

"으, 응."

쑥스러운지 가이아스는 고개를 돌렸지만 귀가 쫑긋쫑긋 움직이고 있었다.

"……기뻐."

마음속이 참을 수 없이 따뜻해져서 끊임없이 눈물이 뚝뚝 흘렀다.

"기뻐서 우는 거야?"

"응. 소중하다는, 말…… 기, 뻐."

그래서 자꾸만 눈물이 났다.

자신을 소중히 여기라는 말을 들은 적도 여태껏 없었다. 이렇게 위험한 일을 겪은 적이 없기도 하지만, 이렇게 화내 줄 만한 사람은 주위에 없었다. 약사 할아버지가 살아 있었다면 화냈을지도 모르지만 할아버지는 이미 없고. 나고 자란 마을에서 나를 이렇게 걱정해 주는 사람은 없었다. 그것이 당연했다.

"가이아스…… 나, 가이아스, 정말 좋아."

"으, 으으으응?!"

"아토스, 씨도, 다들, 정말 좋아."

"아, 아아, 그, 그런 뜻인가."

"고마, 워."

가이아스의 모습이 뭔가 조금 이상했지만 나는 계속 말했다.

"가이아스가 왜 화냈는지, 알겠어."

"어, 응. 그거 다행이네. 알았으면 무리하지 마."

가이아스는 팔을 들지 못하는 내 눈물을 닦아 줬다. 가이아
스, 상냥해.

"응. 무리, 안 할게."

내가 그렇게 말하자 가이아스가 웃었다.

그러고 있으니 왠지 조금 졸리기 시작했다. 울었기 때문일까.

"레룬다, 졸려?"

"응, 조금."

"그럼 자."

"안녕히…… 주무세요."

가이아스가 내 머리를 쓰다듬었다.

나는 가이아스의 미소를 보다가 어느새 꿈나라로 갔다.

막간 수인의 수장, 생각하다 / 교육 담당, 헤매는 중

　우리 늑대 수인은 그리폰이라는 존재를 신으로 삼는다. 이 숲속에서 그리폰 님은 매우 중요한 위치에 있었다. 숲의 강자였고, 우리를 구해 주신 적도 많았다.

　나는 이 마을에서 그리폰 님께 공물을 바치고 마물을 사냥하며 앞으로도 변함없는 일상을 보내리라고 생각했었다.

　——하지만 변화가 있었다.

　수인 마을에 한 인간 소녀가 살게 되었다. 그리폰 님들과 스카이호스라는 마물과 계약을 맺은 신기한 소녀였다.

　솔직히 말하자면 나는 인간을 좋게 여기지 않는다. 아니, 나뿐만이 아니었다. 이 마을 사람 중에 인간에게 좋은 감정을 가진 자는 아무도 없을 것이다.

　대대로 부모로부터 인간을 조심하라는 말을 들으며 컸다. 인간이라는 종족은 우리 수인보다 약하다. 하지만 수가 많아서 얕볼 수 없는 존재라고 들었다.

　그래서 솔직히 그 인간 소녀—— 레룬다도 나는 경계했었다. 그리폰 님과 스카이호스가 레룬다를 인정하고 있기도 해서 경계는 금방 풀렸지만.

그리고 레룬다는 가여운 처지의 아이였다.

부모에게 버려졌다는 것만으로도 우리 수인에게는 믿을 수 없는 일이었다.

수인에게 아이는 무엇보다 소중히 여겨야 하는 존재이기 때문이다. 그런데 자기가 낳은 친자식을 버리다니 믿을 수가 없었다.

그뿐만이 아니라 가이아스를 첫 친구라고 했다. 누가 쓰다듬어 주는 것도 처음이라 기쁘다고 했다.

실제로 어떤 환경에서 지냈는지 자세히는 묻지 못했지만, 어린아이가 당연하게 받는 부모의 사랑도 받지 못하고, 천진난만하게 친구들과 놀지도 못하며 살아온 아이라는 것은 쉽게 상상이 갔다.

레룬다는 자신의 처지가 얼마나 비참했는지 제대로 모르는 것 같았다. 나고 자란 마을 외의 다른 환경을 모르기 때문이다.

그런 아이를 매정하게 대할 수는 없었다.

그리고 레룬다는 착한 아이였다.

자기가 할 수 있는 일이 뭐가 있을지 마을 사람들에게 열심히 물어보고 다니고. 고맙다는 말 한마디에 기쁜 표정을 지었다.

그렇게 순수하고 착한 아이의 모습에 마을 사람들은 금세 레룬다에게 마음을 허락했다.

나도 레룬다를 내 자식처럼 받아들이고 있었다.

그러던 어느 날, 레룬다가 다친 수인을 신성 마법으로 고쳤다.

그 일은 우리 마을에 충격을 가져왔다.

신성 마법을 쓸 수 있는 자는 거의 없다. 마법 적성이 낮은 수인 중에서는 일단 없고, 인간 중에서도 흔하지 않을 것이다.

신성 마법 사용자가 수인 마을에 있는 것만으로도 전례가 없는 일이었다. 그만큼 특별한 소녀가 우리 마을에 살고 있었다.

레룬다가 신성 마법을 쓸 수 있다니, 물론 놀랍고 당황스러웠다.

만약 이 사실을 인간들이 안다면 레룬다를 납치하려 들지도 모른다. 레룬다가 이용당하고 큰일을 겪는 것은 싫었다.

나뿐만 아니라 다른 수인들도 그렇게 생각했다.

"그렇게 대단한 마법을 쓸 수 있다는 건 그만큼 노려질 가능성이 있다는 뜻이야."

"그럼 레룬다를 지켜야겠네."

내 말에 다른 수인들도 망설이지 않고 지키겠다고 했다.

인간이라는 종족 자체에게는 좋은 감정이 없다. 하지만 레룬다는 좋았다. 소중하게 여기고 있었다.

──아들 가이아스도 레룬다와 친하게 지내고 있고, 우리 어른들이 레룬다를 지켜야 한다고 생각했다.

◆

나, 란드노 스토파는 현재 난감했다.

어쩌면 앨리스 님의 동생분이 신녀일지도 모른다. 그렇게 생각했기에 나는 앨리스 님의 동생분을 필사적으로 찾고 있었다.

최종 목격 정보가 숲속에 들어갔다는 것이어서 숲에 들어오긴 했지만 이 숲의 마물은 그런대로 강력했다. 다행인 점이라면 위험한 숲속이라 도적 같은 사람의 위협은 적다는 것일까.

나야 마물을 쫓는 물건을 가지고 있어서 아직까지 멀쩡히 살아 있지만, 이런 숲속에 고작 일곱 살짜리 아이가 맨몸으로 들어와 무사할 수 있을까?

하지만 만약 동생분이 신녀라면 숲에 들어왔다고 해서 죽지는 않았으리라고 믿고 싶다.

정말로 동생분이 살아 있다면 나를 곁에 둬 달라고 교섭하고 싶다. 그리고 신녀가 실제로는 어떤 존재인지를 배우고 싶었다.

문헌 중에는 신녀가 어떤 존재인지 남아 있는 것도 있지만, 실제로 신녀를 보고 고찰하면 다른 점이 보일 것이다.

다만 정말로 동생분이 신녀일 때의 이야기였다.

앨리스 님이 신녀라면 신녀 근처에서 그에 관해 배우는 것은 포기해야만 한다. 하지만…… 어쩐지 신녀는 동생분일 것 같았다.

각설하고, 내가 왜 동생분을 이름으로 부르지 않느냐면 이름을 모르기 때문이었다. 동생분을 가르쳐 줬던 아이도 동생분의 이름을 일절 부르지 않았다. 아니, 모르는 것 같았다.

동생분은 떠받들리던 앨리스 님과 정반대의 취급을 받았던 모양이다. 도외시되었다고 했다. 귀찮은 일을 떠넘기는 면도 있었다고 했다.

그러면서 이름은 거의 부르지 않았다고 했다. 부르더라도 '앨리스 님의 동생' 같은 느낌이었다고. 그래서 그 아이는 동생분의 이름을 몰랐다. 작은 마을인데도 불구하고 말이다.

다만 내가 동생분을 신녀라고 추측한 것은 누군가가 동생분에게 위해를 가하려고 했을 때 부자연스럽게 넘어지거나 해서 위해를 가하지 못했다는 말을 들었기 때문이었다. 신녀이기에 그런 것이 아닐까 싶었다.

하지만 신녀가 어떤 존재인지 명확하게 이야기가 전해 내려오는 곳은 대도시뿐이라 작은 마을에서는 신녀가 어떤 존재인지 모르는 자가 많았다. 그렇기에 부자연스럽게 보호받는 부분도 동생분이 꺼림칙하게 여겨지는 데 일조한 듯했다.

그나저나 제 자식을 간단히 버리는 부모라니, 구역질이 난다.

앨리스 님과 동생분의 부모는 현재 아가타에 있다.

실제로 대면한 것은 몇 번뿐이지만, 앨리스 님의 가정 교사로 있을 적에 소문은 들었다. 앨리스 님과 동생분의 부모는 대신전에서 준 돈으로 호화로운 생활을 즐긴다고 했다. 신녀를 낳은 분의 희망이니 들어줘야 한다는 논리로 허용되는 듯했다. 딸을 한 명 버리고 호의호식하다니, 어떻게 돼먹은 부모인지 인간성이 의심스럽다.

아무튼 동생분은 정말 어디로 간 걸까.

숲속을 헤매며 생각했다.

어린아이의 걸음으로는 그리 멀리 가지 않았으리라고 생각했는데 동생분이 있었다는 흔적조차 찾을 수 없었다. 혹시 자기 발로 이동하지 않은 걸까.

지독한 이야기지만, 이미 죽었다면 죽었다는 흔적이 남아 있을 터다. 그조차 없는 것을 보면 역시 살아 있지 않을까 추측할 수 있었다.

그럼 어디로 간 걸까.

앨리스 님은 정말로 평민 집에서 태어났는지 의심이 갈 만큼 왕후 귀족처럼 생긴—— 이 세상 사람이 아닌 듯한 아름다운 소녀였다. 장래 틀림없이 절세미인이 되리라고 단언할 만큼 아름다웠다.

그 동생분.

마을 아이가 앨리스 님과는 전혀 안 닮았다고 했으니 앨리스 님처럼 아름답게 생기지는 않았을지도 모른다.

어떤 분일까.

아직 만나지도 못했는데 조금 기대되었다.

일단 만날 수나 있을지 걱정되지만 만날 수 있으리라고 믿고 싶다. 솔직히 만나기 전에 내가 죽어 버리진 않을까 불안하기도 하지만 나는 동생분을 뵙고 싶다.

"정말…… 어디로 간 걸까."

5 소녀와 마법과 주워 온 사람

"가이아스."

"가이아스, 있지."

그날 가이아스에게 혼나고 새삼 느낀 것이 있다.

내가 가이아스와 이 마을 사람들을 사랑한다는 것이다.

소중하다고 가이아스가 말해 준 것이 정말로 기뻐서 예전보다 더 말을 자주 걸게 되었다.

여전히 말하는 데는 서툴지만 고향에 있을 때보다 많이 말하려고 했다. 최근에는 이야기하는 것이 즐겁다는 느낌마저 들기 시작했다.

모두에 대한 사랑이 넘쳐흘러서, 참을 수 없이 즐거워서 이야기하는 것도 좋아하게 되었다.

그날 내가 구했던 에시타 씨는 회복되자마자 제일 먼저 나를 찾아왔다.

"레룬다, 정말로 고마워! 내가 살아 있는 건 레룬다 덕분이야."

"……내가, 하고 싶어서, 한 일이야."

에시타 씨는 몇 번씩이나 내게 고맙다고 했다.

"하지만 무리하지 말아 줘. 나는 내가 살겠다고 레룬다를 희

생시키고 싶지 않아."

나는 그 말을 듣고 가이아스가 했던 말이 진짜였다고 실감했다. 다른 수인들도 쓰러진 나를 걱정했다. 내가 신성 마법이라는 것을 쓸 수 있어도 태도를 바꾸지 않았다. 오히려 예전보다 더 나와 사이좋게 지내려고 했다.

"레룬다, 이거 줄게."

"고마워."

"잘 먹고 쑥쑥 커야 한다?"

동글동글한 빨간 과실을 건네며 수인 여성이 내 머리를 쓰다듬었다.

"레룬다, 오늘은 그리폰 님과 같이 안 있네?"

"응, 다들, 따로 행동해."

"그렇구나. 그럼 우리랑 같이 옷 만들래?"

"만들래!"

다들 내게 잔뜩 말을 걸어 줬다. 모두가 상냥해서 마음이 따뜻했다.

그래서 쓰러질 정도로 무리하지 말자고 생각했다.

그리폰들도 나를 걱정했다. 새끼 그리폰들은 내가 무리하지는 않을지 염려하여 한동안 줄곧 내 주위를 맴돌았다.

레이마도 "그륵그륵그르르으으(걱정했어. 너무 무리하지 마)." 하고 말했다. 시포에게도 비슷한 말을 들어서 기뻤다.

이렇게나 모두가 나를 걱정하는구나 하고 실감했다.

따끈따끈한 마음이 더더욱 따뜻해졌다.

모두의 도움이 되고 싶다는 마음이 예전보다 더 강해져서, 마력이 있다면 그것을 제대로 쓰고 싶다고 생각했다.

하지만 원래 수인은 마법을 쓸 수 있는 자가 다른 종족보다 적은 종족이었다. 신체 강화 마법은 쓸 수 있는 사람이 조금 있지만 일반적인 마법은 못 쓴다고 했다. 거기다 내가 에시타 씨를 고쳤을 때 썼던 신성 마법이라고 불리는 마법은 쓸 수 있는 자가 한정적이라는 것 같았다.

그래서 마법 연습은 못 하고 있었다. 다만 할머님이 마법 지식은 알고 있어서 배우고 있기는 했다.

그러고 보니, 얼마 전에 마을에서 키우는 작물을 수확했다. 수인 마을은 사냥할 때가 많아서 작물은 그다지 키우지 않는다. 그래도 보리나 밀 등은 적잖이 키우고 있었다. 나도 수확을 도왔다.

나는 어려서 힘도 약하기에 그렇게까지 도움이 되지는 않았지만 열심히 노력했다. 작년보다 수확량이 많다며 모두가 좋아해서 나도 기뻤다.

작년에는 벌레 마물 때문에 작물 피해가 컸다고 들었다. 그런 일이 실제로 있구나 싶어서 놀랐다.

내가 자란 마을은 환경이 좋았는지, 적어도 내가 기억하기로는 그런 피해가 없었다. 오히려 축복받은 편이었던 것 같다.

지금 생각해 보면 애초에 생활이 풍족했기에 언니에게 선물할 여유도 있었던 것이 아닐까 싶다. 만약 생활이 어렵다고 느낄 만큼 먹을 것이 없었다면 그런 상태가 되지는 않았을 것이다.

그리폰들과 시포가 마물을 사냥해 줘서 마물 피해도 줄었다고 아토스 씨가 기뻐했다. 좋은 일이 계속돼서 기뻤다.

"레룬다랑 가이아스는 사이가 좋구나."

"레룬다는 가이아스가 좋아?"

마을 아이 두 명이 눈앞에서 생글생글 웃었다. 나긋나긋한 말투의 시노미와 씩씩한 여자아이 카유.

나와 친하게 지내는 여자아이들이었다.

나는 다른 남자아이들보다 여자아이들과 사이가 좋았다. 남자아이들과도 더 친해지고 싶다. 그게 나의 현재 목표였다.

"응. 너무 좋아."

본인에게도 말했듯 나는 가이아스를 아주 좋아한다.

상냥하고 따뜻해서 함께 있으면 기뻐진다.

내가 너무 좋아한다고 말하자 어째선지 카유가 호들갑을 떨었다.

"그렇구나~. 언제부터 좋아하게 됐어?"

"……카유, 아마 레룬다는 카유가 생각하는 그 뜻으로 말한 게 아닐 거야."

카유의 말에 내가 대답하기 전에 시노미가 카유에게 알 수 없는 말을 했다. 무슨 뜻일까? 그러고서 시노미가 나를 향해 물었다.

"레룬다는 나랑 카유를 좋아해?"

"응, 너무 좋아."

"고마워. 나도 레룬다를 너무 좋아해. 가이아스를 좋아하는 것과 우리를 좋아하는 건 똑같지?"

"응? 맞아."

뭘 물어보는 것인지 알 수 없었지만 나는 고개를 끄덕였다.

세 사람 다 진심으로 좋았다. 같이 있으면 따뜻한 기분이 가슴을 가득 채웠다.

"세 사람 다…… 상냥해. 너무 좋아."

"정말~ 레룬다는 귀여워!!"

카유에게 꽉 안겼다. 카유는 나보다 키가 크고 살짝 언니라 딱 카유의 가슴 부근에 얼굴이 파묻히는 형태가 되었다. 꽉 안기는 것은 기쁘다. 하지만 조금 괴로웠다.

"카유! 레룬다가 괴로워 보여."

시노미가 그렇게 말해 줘서 나는 해방되었다.

"레룬다, 미안!"

"괜찮, 아. 포옹, 은 기쁘니까. 하지만, 조금 괴로워."

"좀 더 약하게 껴안는 건 괜찮지?"

"응."

고개를 끄덕이자 꽉 끌어안았다. 아까보다 약한 포옹이었다.

나고 자란 마을에서는 끌어안긴 적이 없었다. 꽉 안기면 무척 기쁘고 따뜻해진다는 걸 수인 마을에 와서 처음으로 알았다.

"레룬다, 있어? ……뭐 하는 거야?!"

"가이아스, 부러워? 가이아스도 레룬다 껴안을래?"

"바, 바보! 무슨 소릴 하는 거야. 카유!!"

카유랑 시노미와 이야기하고 있으니 가이아스가 왔다.

가이아스와 카유의 이야기를 들으며 나는 카유에게 안긴 채 고개를 돌려 가이아스를 보았다. 그리고 입을 열었다.

"가이아스, 포옹, 할래?"

"레룬다는 가이아스가 껴안아도 괜찮아?"

"응. 가이아스, 정말 좋아하니까."

가이아스에게 꼭 안긴 적은 없지만, 카유에게 안기는 것처럼 따뜻한 기분이 들 것 같으니 전혀 상관없었다. 사랑하는 사람에게 꼭 안기는 것은 기쁜 일이니까.

"⋯⋯레룬다, 할머니가 불렀어. 가자."

"가이아스, 얼굴, 왜 그래?"

"⋯⋯내 얼굴은 됐으니까 가자."

가이아스가 고개를 휙 돌렸다. 결국 껴안지는 않을 모양이다.

해 주면 좋을 텐데. 그러면 분명 마음이 따끈따끈해질 텐데.

카유와 시노미에게 다음에 또 보자고 인사하고 가이아스에게 이끌려 할머님이 계신 곳으로 향했다.

가이아스는 껴안아 주지는 않지만 손은 잡아 줬다.

가이아스가 손을 잡아 주는 것만으로도 왠지 기뻐진다. 꼭 끌어안기면 손을 잡는 것보다 더 행복하고 따뜻한 기분이 들 것 같으니까 언제 한번 꼭 안아 줬으면 좋겠다.

하지만 가이아스는 껴안아 주지는 않는다. 머리를 쓰다듬어 주기는 하는데, 왜일까.

그런 생각을 하며 마을을 걸어가 할머님에게 갔다.

할머님의 용건은 마법 공부였다.

"레룬다, 마법은 어떻게 쓰느냐에 따라 좋은 결과도, 나쁜 결과도 만들어 낸단다."

가이아스는 마법에 흥미가 있는지 함께 공부하게 되었다. 새끼 그리폰들도 "그륵그륵그르르(레룬다랑 같이 들을래!)" 하고 여기 있었다.

할머님은 가이아스와 새끼 그리폰들이 마법 수업을 함께 듣는 것을 웃으며 받아들였다.

"그, 래?"

"그래. 레룬다. 마법은 강력한 힘이야. 힘이 있는 건 좋은 일이란다. 하지만 힘을 가지고 있으면 그만큼 조심히 사용해야 하지. 이 마을에 사는 사람들은 다들 친절한, 내 자랑스러운 동료들이야. 하지만…… 요전번에 레룬다가 마법으로 에시타를 고친 것도, 나쁜 어른이 봤다면 레룬다가 어떻게 됐을지 모르는 일이야. 상처 치유를 강요받게 됐을지도 모른단다."

"……그렇, 구나."

이 마을에 사는 수인들은 무척 다정하다. 다정하기에 나를 걱정해 줬다.

가이아스는 내게 무리하지 말아 달라며 화도 냈었다. 하지만 그건 내가 만난 모두가 운 좋게도 다들 상냥했기에 가능한 일이었다. 나는 정말로 운이 좋았지만, 착하지 않은 사람도 세상에는 존재한다.

새삼 그 사실을 실감했다.

"그런 일이 벌어지지 않기 위해서도 레룬다는 제대로 마법을 배우는 편이 좋단다. 미안하게도 나는 마법을 실제로 쓰지 못하니 지식만 알려 줄 수 있지만 말이다."

"할머님. 지식, 기뻐. 고마워."

마법에 관한 지식이 내게는 전혀 없다.

나고 자란 마을에서는 '마법'이라는 단어를 들은 적조차 없었다. 마법을 쓸 수 있는 사람도 주변에는 없었다. 마법이라는 걸 알고는 있어도 본 적은 없었다.

그런 내가 마법을 쓸 수 있다니 역시 아무리 생각해도 신기했다. 내게 마력이 있다는 것도 여전히 실감이 들지 않았다.

"마법을 쓰려면 적성과 마력이 필요하단다. 이 마을에는 마법 적성을 측정하는 것이 없어서 측정할 수는 없지만 말이다. 레룬다는 요전번에 상처를 고쳤으니 신성 마법의 적성은 높을 거야. 적성이 높지 않으면 마법을 배우지 않은 상황에서 그 정도 마법을 쓸 수 없었을 테니 말이지."

실감은 안 들지만 나는 신성 마법의 적성이 높은 듯했다. 적성이 높다면 노력해서 다친 사람들을 더 많이 고칠 수 있을 것이다. 기쁜 일이다.

신성 마법을 제대로 쓰고 싶다. 그러면 사랑하는 사람들이 다쳐도 내가 고칠 수 있을 테니까.

"그륵그르르으(레룬다, 굉장해)."

"그륵그륵그륵그르르으(잘은 모르겠지만 레룬다 기뻐 보여!)"

레이마의 새끼인 레마와 루마가 내 좌우를 차지하고서 말했다.

"그 밖에도 적성이 있는지 현재로서는 알 수 없지만…… 레룬다는 마력량도 많은 것 같으니 말이지. 확실하게 마법을 배워 나가면 레룬다는 굉장한 어른이 될 수 있을 거야."

"응. 노력할게."

굉장한 어른이 어떤 어른인지는 모른다. 하지만 노력하는 것은 좋은 일이다.

마법 연습은 못 하고 있지만, 마법이 어떤 것인지 배우면 앞으로 도움이 될 테니 열심히 공부해야지.

"마법 적성은 불, 물, 바람, 땅, 번개, 어둠, 빛, 신성 마법이 있단다. 상처를 고칠 수 있는 신성 마법은 적성 중에서도 가장 특별한 적성이지. 그렇기에 신성 마법을 쓸 수 있는 사람은 수가 적고, 신성 마법을 쓸 수 있는 자는 대부분 자기 의사와는 관계없이 신전에 맡겨진단다. 그러니 레룬다가 신전에 맡겨지기 싫다면 신관들 앞에서는 신성 마법에 적성이 있다는 걸 들키면 안 돼."

마법 적성이 이렇게 많다는 것도 나는 몰랐다. 종류가 많구나 하고 생각하며 이야기를 듣고 있었는데, 신성 마법을 쓰면 '신전'이라는 곳에 끌려가는 모양이었다. 신전은 언니가 가게 됐던 곳일 텐데.

나는 신전에 별로 가고 싶지 않았다. 애초에 사랑하는 모두와 헤어지고 싶지 않으니까 신전에 가게 되면 곤란하다.

신성 마법을 쓸 수 있다는 사실이 알려지지 않게 조심해야겠다고 생각했다. 신전에 간다는 건 이곳을 떠나야 한다는 뜻이니까.

"할머니, 신전이 뭐야?"

"아아, 신전은 큰 도시에 있는 신을 모시는 곳이란다. 우리는 숲에 살기도 해서 그리폰 님처럼 가까이 있는 존재를 신으로 숭배하고 있지만, 큰 나라에 있는 신전은 이 세계를 만든 신들을 주로 모시고 있지. 이 세계를 만든 신들에 관해서는 가이아스도 배웠지? 그런 신들을 모시는 곳이 신전이란다. 다만 우리 수인에게는 국가라고 부를 만한 것도 없고, 있는 것이라고는 우리가 사는 이런 마을 정도야. 신전을 만드는 건 인간뿐이지. 인간 외에는 국가를 가지지 않고 신전을 만들 만한 여유도 없어. 어쩌면 신전을 가진 종족이 또 있을지도 모르지만, 나는 그런 종족을 모른단다."

할머님은 가이아스의 말에 그렇게 대답했다.

인간만이 나라를 가지고 있다고 할머님은 말했다. 나라가 있고 여유가 있어서 신전을 만든다고. ……이 세계를 만든 신에 관해서는 고향에서 조금 들은 적이 있다. 그다지 자세히는 모르지만.

"어? 그럼 레룬다가 그 신성 마법이라는 걸 쓸 수 있다는 사실을 인간들이 알면 끌려간다는 거야?"

"아마 그렇겠지. 가뜩이나 레룬다는 인간이니까……. 이 마을에서 산다는 사실이 알려지면 귀찮은 무리가 움직일지도 몰라. 그러니 조심해야 해."

인간과 수인.

어려운 관계라고 아토스 씨도 말했었다.

내가 여기서 모두와 함께 사는 것만으로도 귀찮은 사람들이 나타날지 모른다고 할머님은 말했다. 게다가 신성 마법까지 쓸 수 있다는 사실이 알려지면 큰일이 벌어질 거라고.

인간이 수인을 노예로 삼는다는 이야기도 들었다. 왜 그런 짓을 하는 걸까. 안 그러면 좋을 텐데.

생각만 해도 슬픈 기분이 들었다.

"그런가……."

"그래. 그러니까 가이아스, 그리폰 님들도 계시니 괜찮기는 하겠지만 레룬다를 확실하게 지켜 주는 거다?"

"응. 물론이지!"

할머님의 말에 가이아스는 주저 없이 대답했다.

가이아스, 날 지켜 주는 거구나. 기뻐. 가이아스의 말을 듣고 조금 기뻐졌다.

"마법 이야기로 돌아갈까. 마법 적성이 높을수록 고도의 마법을 쓸 수 있고, 적성이 낮으면 마력이 있어도 의미가 없단다. 역사 속에는 마력이 아주 많았지만 마법 적성이 없어서 고생한 인물도 있어."

"할머니, 신체 강화 마법은? 적성 중에서 어떤 거야?"

"아아, 그 설명을 깜빡했구나. 신체 강화 같은 어디에도 분류되지 않는 마법도 있단다. 그건 마력만 있으면 누구든 쓸 수 있지. 소위 적성 없는 자가 쓰는 마법이라고 알려져 있는데……."

"흐응, 나도 쓸 수 있을까?"

"마력이 있다면 쓸 수 있겠지만, 어떨까? 궁금하다면 배워 보는 것도 좋겠지. 하지만 마법을 쓸 수 없는 자가 압도적으로 많으니,

못 쓰더라도 너무 낙심하진 말려무나. 다만 레룬다는 마력이 충분히 있으니까 배우면 신체 강화 마법을 쓸 수 있을 가능성이 커."

나는 할머님에게 배운 글자로 메모를 하며 이야기를 들었다.

요컨대 신체 강화 등의 마법은 적성과 상관없이 마력만 있으면 쓸 수 있는 모양이었다.

마력만 있으면 쓸 수 있는 마법이라니 편리할 것 같은데, 할머님이 말하지 않은 걸 보면 적성이 없는 자가 쓰는 그 마법에는 이름도 없는 걸까?

이야기를 들으며 나는 신체 강화 마법을 써 보고 싶다고 생각했다. 신체 강화를 쓸 수 있는 마을 사람에게 물어봐야지.

"마법을 쓸 수 있다는 것만으로도 그 사람은 중요해진단다. 높은 적성이 하나라도 있으면 여기저기서 자기편으로 삼으려고 난리가 나겠지. 다만 마법을 쓸 수 있다는 이유로 혹사당한 사람도 역사 속에는 있어서, 마법을 쓸 수 있는 게 무조건 좋은 일이라고는 할 수 없어. 마법은 마법을 쓰지 못하는 자는 결코 할 수 없는, 불가능을 가능케 하는 힘이야. 레룬다가 상처를 낫게 한 것도, 마법을 못 쓰는 자는 짧은 시간에 그렇게 큰 상처를 낫게 할 수 없어. 바로 상처를 고치지 못했다면 그 아이는 죽었을지도 몰라. 그러니까 레룬다는 정말로 기적 같은 일을 한 거란다."

할머님은 이야기를 계속했다.

마법은 불가능을 가능케 하는 힘.

마법을 쓰지 못하는 사람은 결코 할 수 없는 일을 가능케 하는 힘.

그런 힘이라고 할머님은 가르쳐 줬다.

나는 그 이야기를 듣고 입을 열었다.

"마법, 제대로, 쓸 수 있으면…… 모두에게, 도움이 돼?"

"레룬다는 착한 아이구나. 그렇지, 마법을 제대로 쓰기 시작하면 우리도 기쁠 거야. 다만 레룬다, 요전번에 쓰러졌잖니? 우리를 위해 마법을 쓰고 싶다는 마음은 기쁘지만 우리는 레룬다가 무리하지 않았으면 좋겠어. 제대로 공부해서 무리하지 않아도 쓰는 수준이 되기 전까지는 마법을 쓰지 말려무나."

"응."

"잘 대답했구나. 약속한 거다? 레룬다."

가이아스가 화내 줬으니까. 할머님을 포함해 모두가 이렇게 걱정해 주니까……. 그러니까 나는 무리하지 않을 거다. 소중한 사람들이 슬퍼하는 것은 싫다.

마법은 제대로 배워서 괜찮다고 알게 된 다음에 쓰고 싶다. 그게 언제가 될지는 모르지만, 무턱대고 써서 모두에게 걱정을 끼치고 싶지 않았다.

"그럼 다음으로 마법의 역사를 이야기할까? 신들이 이 세계를 처음 만들었을 때는 마법이 세상에 존재하지 않았다고 해."

"그, 래?"

"그래. 신께서 이 세계를 처음 만들었을 때는 신인(神人)이라는 최초의 인종만이 존재했다고 하지. 그 신인을 바탕으로 지금의 인종이 태어났단다. 신들의 영향도 강했지. 우리 수인이 만들어지는 데에는 숲의 신과 물의 신, 짐승신 등의 신들이 관여했다고 해. 아득한 옛이야기라 사실인지 아닌지는 확실하지 않지만 말이다."

고향에 왔었던 음유시인이 이와 비슷한 세계의 성립을 이야기했던 것 같다. 하지만 음유시인의 이야기는, 신인의 정당한 자손은 인간이라는 내용이었다.

수인에 관해서는 이야기하지 않았다. ……인간에게 그런 생각이 있기에 수인들에게 몹쓸 짓을 할 수 있는 것일지도 모른다.

"지금 세계에는 많은 종류의 생물이 있는데, 바탕이 된 것은 전부 최초에 태어난 신인과 신수라고 불렸던 존재들이야. 거기서 지금 있는 인종과 마물 등이 태어났다고 하지. 그런 생물들이 태어나는 과정에서 마법이라는 것이 생겼고. 이건 내가 젊었을 때 읽은 문헌에 있던 내용이니까 그 밖에도 여러 가지 설은 있겠지만 말이다. 그래서 우리 수인이 마법 능력보다 신체 능력이 뛰어난 것은 짐승신이라고 불리는 신의 영향이라고 여겨지고 있어. 엘프가 마법을 잘 쓰는 것도 신의 영향이라고, 문헌에 나와 있었단다."

"……인간, 은?"

"인간은 조금 특수해. 인간들 사이에서는 신인의 정당한 후계자가 인간이라는 설이 퍼진 것 같지만, 내가 봤던 문헌에서는 가장 마지막에 태어난 것이 인간이라고 했단다. 마법을 쓸 수 있는 자가 엘프보다 적고, 수인만큼 신체 능력이 뛰어나지 않는 등, 인간은 다른 인종만큼 능력이 특출하지 않지. 하지만 모든 인종의 특징을 그런대로 물려받은 종족이라고 적혀 있었단다. 그걸 고려하면 다양한 신의 영향을 조금씩 받은 종족이 바로 인간이지 않을까, 나는 그렇게 생각해."

가장 마지막에 태어난 것이 인간.

할머님이 읽은 문헌에는 그렇게 적혀 있었다고 한다. 수인들은 수인들이 태어났을 때 관여한 신들의 영향을 강하게 받았지만, 인간은 여러 신의 영향을 조금씩 받았다고.

바꿔 말하자면 신의 영향을 그렇게 크게 받지 않았다는 걸까.

"그래서 마법이 처음 생겨났을 때는 지금 있는 마법 주문 같은 건 확립되지 않았었단다. 말이나 문자 같은 문화도 발달하지 않았던 때니 당연한 일이겠지. 지금처럼 마법이 효율적이지 않아서, 쓰고 싶은 마법을 쓰고 싶은 대로 썼다는 모양이야. 지금은 오랜 연구로 마법을 효율적으로 쓰기 위한 주문이 생겨났지만, 그런 마법보다도 옛 마법, 신대(神代)라고 불리던 시절의 마법이 더 강력했다고 해."

주문.

마법을 쓸 때 읽는 말.

옛날에는 그게 없었다고 한다.

지금은 당연하게 존재하는 것이 아득한 옛날에는 당연하지 않았다.

그걸 실감하며 메모했다.

"다만 주문은 사용자의 안전도 생각해서 효율적으로 바뀐 거야. 주문을 쓰지 않고 마법을 행사하는 건 주문을 외워서 마법을 쓰는 것보다 어렵고 위험해. 레룬다가 요전번에 쓰러진 걸 생각하면 사실이겠지."

주문은 오랫동안 연구하여 마법을 쓰는 사람을 생각해서 조합된 것이다. 주문 없이 마법을 쓰는 게 어렵고 위험하니까.

"주문이라는 것을 정립한 사람은 이토스타 키스라고 불렸던 마법왕이라고 한단다. 그 인물은 인간이면서 방대한 마력을 가져 온갖 마법을 구사했다고 하지. 그러면서 정령과도 사이가 좋았다는 모양이야. 이토스타 키스는 마법을 계속 연구하여 주문을 정립한 위대한 존재라고 전해지고 있어."

정령인가. 나는 본 적이 없다. 어떤 존재일까?

할머님의 이야기를 들으며 나는 그렇게 생각했다.

"일단 오늘은 여기까지 할까. 다음에 또 주문에 관해 가르쳐 주마."

"응, 고마워."

"고마워, 할머니!"

할머님의 이야기를 들고 나니 시간이 꽤 지난 상태였다. 마법 이야기를 듣다 보면 시간이 빨리 지나간다.

나와 가이아스가 감사 인사를 하자 할머님은 웃었다.

◆

"그륵그륵그르르으(이거, 만들었으니까 줄게!)"

"유잉, 만들었어?"

"그륵그르르르르르르르르으으(응, 형이랑 같이!!)"

새끼 그리폰 중 하나인 유잉이, 아침부터 득의양양한 얼굴로 나뭇가지를 짜 맞추고 끈으로 묶어 만든 장식물을 줬다. 집 모양 장식물이었다. 어째선지 내 양손에 다 들어오지 않을 만큼 큰 장식물을 만든 듯했다.

리옹과 유잉 형제는 수인들을 운반하기 위한 바구니를 만든 이후로 뭔가를 만드는 즐거움에 눈떴는지 즐겁게 이것저것을 만들었다.

처음에는 정체를 알 수 없는 것들을 만들었지만, 수인 마을에서 지내며 장식물도 좋다고 생각한 모양이라 지금은 그런 걸 솜씨 좋게 만들고 있었다. 형제가 사이좋게 뭔가를 만드는 모습을 엄마와 농이 자상한 눈으로 바라봐서 나도 따뜻한 기분이 들었다.

"고마, 워."

"그륵그르르르, 그르르르르(좋아해 줘서 기뻐! 더 만들게)."

유잉은 그렇게 말하고 나서 퍼뜩 놀랐다.

"그륵그르르르르(씻는 거 깜빡했다!)"

밖에 있다가 왔기에 집 바닥에 발자국이 찍혀 있었다. 집에 들어올 때는 더러워지지 않게 발을 씻고 들어오기로 약속했지만 깜빡 잊어버린 모양이었다. 아차 싶은 표정을 짓는 유잉이 왠지 귀여웠다. 혼나는 걸까 걱정하는 얼굴로 나를 보고 있었다.

"다음부터…… 조심해."

"그륵그르르르(미안해)."

"괜찮아."

아무튼 이 이상 바닥이 더러워지지 않게 밖에 나가라고 하자 유잉은 순순히 나갔다. 나는 집 밖에 있는 우물에서 물을 길어 그 물로 세수했다.

그런 다음, 걸레를 살짝 물에 적셔서 유잉의 발자국을 닦았다.

"그륵그르르르? (화 안 났어?)"

"응. 조심하면, 돼."

"그륵그르르! (조심할게!)"

바닥에 찍힌 발자국을 부지런히 닦고 있으니 집 밖에서 안을 들여다보던 유잉이 말을 걸어왔다.

그날은 그렇게 평소와 다름없는 대화를 하며 일상이 시작됐다.

이때 나는 이 평온한 일상이 무너지리라고 상상도 하지 못했다.

수인 마을에서의 생활은 즐거웠다.

사랑하는 사람들이 웃어 주며, 내가 소중하다고 태도로 보여 줬다. 그게 나는 기뻤다.

마음이 따끈따끈하고 매일매일 즐거움이 넘치는 생활. 그런 생활이 가능한 나는 지금 행복했다.

훈훈, 따뜻해.

모두가 정말 좋아.

매일 즐거워.

그렇게 느끼고 나도 모르게 웃음이 났다.

모두를 위해 내가 좀 더 할 수 있는 일이 없을까? 그런 생각이 들었다. 그렇기에 나는 할 수 있는 일을 자진해서 도왔다.

할 수 있는 일은 그렇게 많지 않지만, 사랑하는 모두를 위한 일이니까 뭐든 하고 싶었다.

나고 자란 마을에서 담담히 일하던 때는 이런 감정이 들지 않았었다. 그 무렵의 나는 특별히 아무 생각도 하지 않았다. 그저 하라는 대로 소화했다.

하지만 지금은 고맙다고 말해 주는 사랑하는 모두를 위해 일하는 것이 정말로 즐거웠다. 웃어 주는 것이 기뻐서 얼마든지 돕고 싶었다.

오늘은 일단 오전에 시노룬 씨한테 가서 단동가와 함께 해체 작업을 돕기로 했다. 다른 사람들이 잡아 온 마물을 해체하는 작업이다.

솔직히 처음에는 마물 사체를 해체하는 것에 주저했으나, 이 해체 작업이 있기에 우리가 고기를 먹을 수 있는 것이라고 생각하니 잘하고 싶어졌다.

수인 마을에서는 어릴 때부터 해체를 배운다고 한다. 나도 조금씩 해체가 능숙해지고 있었다.

"단동가, 잘한다."

"그치?"

단동가는 해체를 아주 잘했다. 나와는 비교가 안 될 정도였다. 내 말에 단동가는 득의양양하게 말했다.

"그렇지. 단동가는 해체를 아주 잘해. 레룬다도 조금씩 능숙해지고 있으니까, 두 사람 다 버리는 부분이 없도록 더 노력하자."

"……응."

"알겠어."

시노룬 씨의 말에 나와 단동가는 고개를 끄덕였다. 그 뒤로 한동안 해체를 배웠다.

해체 작업이 끝나고 제시히 씨와 점심을 먹었다. 모두와 친해지고 싶어서 밥은 다양한 사람과 먹었다.

제시히 씨에게는 채집과 조제를 조금씩 배운다.

나는 신성 마법 적성이 있다고 했지만 지금은 그 힘을 자유롭게 쓸 수 없었다. 그렇다면 제시히 씨에게 많이 배우자고 생각했다.

그리고 신성 마법을 쓸 수 있더라도 이런 것은 배워 두면 손해는 아니었다. 누군가가 다쳤을 때, 마법을 의지하지 않아도 고치고 싶었다.

약초와 독초는 비슷해서 조심해야 한다는 것도 배웠다. 실제로 두 가지 풀을 봤지만 솔직히 말하면 차이를 구별하기 어려웠다.

"이건 잎의 뒷면을 보면 알 수 있어."

잎을 뒤집으며 제시히 씨가 차분하게 가르쳐 줬다.

가르쳐 주지 않았다면 둘 다 똑같이 보였을 것이다. 약사는 그런 차이를 구분할 수 있으니 정말 대단했다.

그리고 약초를 배우다 보니 세상에는 사람에게 독이 되는 풀이 넘친다는 사실을 알았다.

그렇게 생각하면 내가 밥을 얻어먹지 못해 밖에 나가서 적당히 끼니를 해결할 때, 배탈을 일으키는 것을 하나도 먹지 않았던 것은 정말 운이 좋았던 거였다.

뭔지 모를 것을 적당히 먹었었다고 내가 말하자 그런 위험한 짓은 더 이상 하지 말라고 제시히 씨에게 주의를 받았다.

 그날 오후에는 약초를 채집하러 갔다.

 약초를 채집하러 숲속에 갈 때는 그리폰들과 함께한다. 하지만 아이들끼리만 가는 것은 걱정된다며 어른 수인도 따라왔다. 그리폰들과 시포가 함께 있어도 걱정된다고.

 오늘은 동구 씨가 같이 와 줬다.

 동구 씨는 몸집이 크고 근육이 엄청나다. 그리고 신체 강화 마법을 쓸 수 있는 몇 안 되는 사람이라서, 최근 동구 씨가 바쁘지 않을 때 나는 신체 강화 마법을 배우고 있었다.

 오늘은 그 외에 와농과 레이마와 새끼 그리폰 루미하가 따라와 줬다.

 약초가 난 곳을 찾고, 약초를 발견하면 레이마에서 내려 채집했다. 약초와 독초를 구분하는 것도 중요하지만, 채집 방법에 따라서도 약초의 효능이 달라지기에 신중히, 약초가 상하지 않게 단검을 썼다.

 그러는 동안 동구 씨는 아무 말도 하지 않았다.

 동구 씨는 과묵한 사람이라 나와 동구 씨, 둘만 있으면 거의 말이 없는 공간이 완성된다.

 내가 채집하는 동안 동구 씨는 주위를 경계하거나 사냥할 때 쓰는 도끼를 휘두르며 단련했다. 몸집 큰 사람이 도끼를 휘두르니 굉장히 멋있었다.

 예전에 멋있다고 했더니 동구 씨는 조금 쑥스러워하며 고개를 돌렸었다. 귀가 살짝 반응했었다. 수인들은 귀와 꼬리로 감정을 알기 쉬웠다.

루미하와 와농이 산책하고 싶다며 날아가 더욱 고요해진 가운데, 묵묵히 채집을 계속했다.

약초는 깨끗하게 채집하기 어려워서 가끔 잘 캤을 때는 기뻤다.

잘 캔 약초를 동구 씨에게 말없이 보여 주자 동구 씨는 고개를 끄덕이고 내 머리를 쓰다듬었다. 말은 없었지만 왠지 동구 씨와 통한 기분이었다.

그렇게 한동안 채집을 계속했을 때.

"그륵, 그르르르르르르르(레룬다, 이거 주웠는데!)"

그런 말과 함께 루미하가 풀숲에서 튀어나왔다.

그 뒤에는 난처한 표정을 한 와농이 있었다. 공중에 살짝 떠 있는 와농은 앞발로 한 인간을 쥐고 있었다.

"사람?"

"그륵그륵그르르르르르르(루미하를 쫓아 꽤 멀리까지 갔더니 쓰러져 있었어)."

"큰일이야."

"그륵그륵. 그르르르르르르(맞아. 아직 살아 있는 것 같길래 데려왔어)."

축 늘어진 사람은 아직 살아 있는 모양이었다.

꼬르르르으으으으으으으으으으으으윽.

도와줘야 한다고 생각했을 때, 큰 소리가 울렸다. 매우 큰 소리라 깜짝 놀라, 어디서 난 건가 싶었는데 쓰러진 사람의 배에서 난 소리였다.

　동구 씨는 주워 온 것이 인간이라 조금 떨떠름한 얼굴이었지만 결국 그 사람을 안고 마을까지 가 주었다.

　수인 마을에 돌아가자 우리가 인간을 한 명 데려온 사실에 사람들이 깜짝 놀랐다.

　"레룬다, 그 인간은?"

　"쓰러져 있었어. 배, 고픈가 봐."

　인간은 역시 수인들 사이에서 경계해야 할 대상이었다.

　도와줘야 한다고 생각하여 데려왔지만, 나쁜 사람이면 어쩌나 불안하기도 했다.

　하지만 이 사람은 괜찮을 것 같았다. 정말로 막연한 느낌이지만.

　아무튼 식사를 준비하자 냄새를 맡고 일어났다.

　온몸이 지저분한데도 불구하고 정신없이 먹기 시작했기에 다들 경계하면서도 다 먹기를 기다리기로 했다.

　이 숲속에 사람이 쓰러져 있다니 희한한 일이었다. 심지어 자세히 보니 예쁘게 생긴 여성이었다.

　"감사합니다. 정말 죽다 살았습니다."

　다 먹자 그 여성은 아름다운 동작으로 머리를 숙였다.

　"감사 인사라면 이 아이에게 해. 이 아이가 자네를 돕겠다고 했기에 데려온 거야."

　아토스 씨가 내 머리에 손을 얹고 그렇게 말하자 여성은 깜짝 놀란 표정을 지었다.

"……어린아이? 수인 마을인데 인간 아이가 있군요."

"그래. 하지만 인간이어도 우리의 소중한 아이야."

아토스 씨는 조금 경계하며 여성을 보았다.

"……그렇, 군요. 그 아이를 이 마을에서 데려갈 생각은 없습니다. 확실히 제가 원래 있던 나라에서는 수인을 경시하는 세력이 컸지만…… 저도 어릴 적에 수인에게 도움을 받은 적이 있고, 그 아이가 이곳에 있기를 바란다면 굳이 데려가지 않을 겁니다."

……이 여성은 내가 있던 마을이 소속된 나라에서 온 걸까.

솔직히 어디에 어떤 나라가 있는지 전혀 모르니까 그 외에도 근처에 그런 곳이 있는지 잘 모르겠다.

여성은 나를 빤히 바라보았다.

"그럼 왜 이런 곳에 있었지? 우리에게 이 숲은 나고 자란 곳이지만 인간에게는 위험한 곳일 뿐이잖아?"

여성이 경계심을 풀기 위해 한 말에도 아토스 씨는 그렇게 대답했다. 가이아스도 불안해하며 내 소맷자락을 잡고 있었다.

"……사람을, 찾고 있었습니다."

"사람?"

"예. 이름은 모르지만 신경이 쓰여서 쫓기 시작했습니다. 혹시나 하는 생각으로. 저는 연구자이기도 한지라 궁금증이 생기니 저도 모르게……. 그렇게 혼자 숲에 뛰어들었고 부끄럽게도…… 쓰러지고 말았습니다. 도와주셔서 정말 감사합니다."

연구자.

공부가 특기인 사람, 일까. 그나저나 이름도 모르는 사람을 찾는다니, 어떻게 된 걸까.

"저, 그래서…… 어쩌면 그 아이가 제가 찾는 아이일지도 모르는데."

나?

여성이 입을 연 순간, 소매를 잡은 가이아스의 힘이 세졌다. 아토스 씨를 비롯한 어른 수인들의 경계심이 커진 것 같았다.

이에 여성이 황급히 입을 열었다.

"힉…… 어어어, 그게, 찾던 아이라고 해서 여기서 데리고 나간다든가, 그런 일은 정말로 없을 테니 안심하세요! 오히려 제가 찾는 아이가 그 아이…… 아뇨, 그분이라면 뭐든 할 테니 이 마을에서 같이 살고 싶습니다! 그러니까 먼저 화, 확인이라도 시켜 주시면 안 될까요."

너무 필사적으로, 무릎 꿇고 통사정할 듯한 느낌이었기에 아토스 씨가 곤혹스러워하는 것도 이해가 갔다. 나도 마찬가지였다.

"가이아스, 나, 얘기할래."

"얘기?"

"응. 둘이서, 이 사람이랑."

"안 돼! 무슨 일이 생기면 어떡해!"

"그럼, 시포도, 같이."

아토스 씨도 곤란한 얼굴로 반대했지만 나는 괜찮다고 말했다.

그리고 여성에게 "얘기할래. 저쪽에서." 하고 말한 다음, 시포도 함께 다른 사람들에게 보이지 않는 위치로 이동했다.

가이아스와 아토스 씨가 멀리서 걱정스럽게 이쪽을 살피는 모습이 시야에 들어왔다.

걱정해 주는 것을 기쁘게 느끼며 나는 여성을 보았다.

"제 이름은 란드노 스토파라고 해요. 란드노가 이름이고 스토파가 가문명이죠."

"그럼, 란 씨, 라고 하면 돼?"

"호칭 말인가요? 상관없어요."

여성——란 씨는 그렇게 말하고서 이야기를 계속했다.

"으음…… 당신은 앨리스 님의…… 동생분이신가요?"

란 씨는 몸을 숙여 나와 눈높이를 맞추고 그렇게 물었다.

앨리스, 라는 이름에 나는 짚이는 사람이 있었다. 우리 언니의 이름이었다. 나고 자란 마을에서 수없이 불렸던 이름.

란 씨는 언니를 아는 사람이다. 하지만 마을에서 본 기억은 없었다. 이렇게 예쁜 사람이 마을에 있었다면 모를 리가 없다. 언니가 신전에 가서 만난 사람이리라.

"그렇다면…… 어쩔, 거야?"

물끄러미 란 씨를 마주 보며 물었다.

언니를 아는 사람이 왜 나를 찾고 있는지 알 수 없었다.

엄마나 아빠나 언니가 나를 찾지는 않을 것이다. 말하고 나니 슬퍼졌지만, 그 세 사람은 내게 그리 관심이 없다. 그럼 어째서.

란 씨는 신중히 대답을 고르며 입을 열었다.

"어쩔 것도 없어요. 그저 그러하다면 뭐든 할 테니 이 마을에서 같이 살고 싶을 뿐이에요."

"어째, 서?"

내가 언니의 동생이라면 이 마을에서 같이 살고 싶다니, 어째서일까.

"……당신께서 신녀이지 않을까 생각하니까요. 저는 신녀에 관해 연구하고 있어요. 그래서 신녀일지도 모르는 당신 곁에 있고 싶어요."

"내가, 신녀?"

나는 눈을 크게 뜨고 말했다.

신녀는 특별한 존재다. 신께 사랑받는 존재. 언니가 특별하고, 나는 평범하고. 특별한 언니가 신녀인 것은 당연하니 평범한 내가 신녀일 리는 없다.

"그래요. 앨리스 님은 솔직히 신녀가 아니라고 생각해요. 그리고 저는 당신이라는 존재를 알았어요. 신탁은 그 집에 있는 아이가 신녀라는 것이었어요. 그럼 당신이 신녀일 수도 있다는 말이죠."

나는 그 말에 틀렸다는 의미를 담아 고개를 흔들었다. 하지만 그것조차 란 씨는 부정했다.

"아뇨. 부모에게 버려져 오갈 데 없던 일곱 살 아이가 이렇게 살아서 수인들과 친하게 지내고 있잖아요. 그것만으로도 당신은 특별하고, 신녀라고 저는 생각해요."

"아닐, 걸?"

이번에는 소리 내어 말했다. 하지만 란 씨는 내가 신녀라고 믿어 의심치 않는 듯했다.

"아니더라도 상관없어요. 저는 당신께 흥미가 있거든요."

란 씨는 나와 눈을 맞춘 채 생긋 웃었다.

내게 흥미가 있는 모양이다. 왠지 나쁜 사람은 아니라고 본능이 고했다.

"그래……."

"네."

"나, 동생."

나는 자신이 언니의 동생임을 란 씨에게 알렸다. 그러자 란 씨는 기뻐하는 표정을 지었다.

"역시나!"

"이름, 레룬다."

"레룬다 님이시군요."

란 씨는 생글생글 웃고 있지만, 레룬다 님이라고 불리는 것은 왠지 싫어서 나는 입을 열었다.

"레룬다. 님, 필요 없어."

"하지만……."

"나, 신녀, 아니야. 그거, 싫어."

란 씨는 내가 신녀일지도 모른다고 했지만 나는 신녀가 아닐 것이다. 설령 진짜 신녀라고 해도 '님'을 붙이는 것은 싫었다.

확실히 나는 이래저래 혼자 마을을 나와서도 죽지 않았고 그리폰들과 시포와 친해졌다. 게다가 수인 마을에 다다랐으니 운이 좋았다.

……어쩌면 정말로 내가 운이 좋다고 생각하는 모든 것이 신

녀이기 때문에 그런 것일지도 모르지만, 그래도 정말 그런 존재인지는 알 수 없는 일이었다.

"……알겠습니다. 그럼 레룬다, 라고 하면 되죠?"

"응!"

란 씨가 이름을 불러 줘서 조금 기뻐졌다.

하지만 신녀일지도 모른다는 란 씨의 믿음은 틀렸다고 생각한다. 솔직히 난감하다. 그래서 나는 입을 열었다.

"그거, 비밀로 할래."

"비밀이요?"

"응. 틀렸다고 생각해. 그리고, 추측, 이잖아?"

정말로 내가 신녀인지는 알 수 없고, 만약 진짜라면 이것저것 바뀔 것 같아서 왠지 싫었다.

"란 씨, 왜, 혼자, 숲에?"

눈앞에 있는 란 씨를 보았다.

란 씨는 고급스러운 로브를 걸치고 있었다. 비싸게 팔릴 듯한 그 로브에 흙이 덕지덕지 묻어 있었다. 배고파 쓰러졌을 정도니 몸도 야윈 상태였다. 팔에는 흰 천이 감겨 있었다. 다치기라도 한 걸까?

란 씨는 보라색 머리카락을 어깨까지 길렀다. 눈은 예쁜 물빛이라 꼭 하늘같았다.

"왕도와 아가타에서 추방됐거든요."

"추방? 큰일. 근데, 아가타가 뭐야?"

"아가타는 대신전이 있는 대도시예요. 저는 거기서 신녀님의 교육을 담당하고 있었지만 잘 풀리지 않았어요. 급기야 벼락이 떨어지고 가뭄이 이어지는 등의 일이 벌어졌고, 그것이 신녀가 일으킨 신벌인 것 아니냐는 소문이 돌면서 신벌을 두려워한 국가가 제게 추방을 언도했죠."

"그래?"

언니의 교육 담당. 그런 일을 하던 사람이구나. 그리고 그 일이 잘 풀리지 않았고, 나쁜 일이 일어나서 추방되었다. 나와 비슷하게 버려진 걸까.

"다만 공부하라고 들볶아 심기를 불편하게 만든 제게는 이렇다 할 신벌이 내리지 않았어요. 정말로 신벌이 존재한다면 저는 지금쯤 죽었겠죠."

란 씨는 담담히 그렇게 말했지만, 신벌이라는 것이 진짜로 있다면 무서운 일이다.

신녀의 노여움을 산 상대에게 벌이 내린다면, 내가 뭔가를 해서 누군가가 벌을 받지는 않을지 불안해졌다. 물론 내가 신녀일 때 얘기지만.

"레룬다, 그래서 말이죠. 저는 왕도와 아가타에서 추방됐지만, 이 나라는 이제 틀렸다고 생각하여 나라를 떠나기로 했어요. 그 전에 신녀가 자란 마을을 보고 싶어서 마을에 갔고요."

내가 나고 자란 마을.

마을에 들른 상인이 변경 마을치고는 생활이 유복하다고 말했던 적이 있다. 작물이 잘 자랐던 모양이라, 생활하기 위한 최소한의 일을 끝내면 마을 사람들은 언니를 보살폈다.

"그렇게 마을에 가 보니 해충 때문에 작물이 피해를 봤더군요."

"어?"

나는 무심코 소리를 냈다.

"왜 그렇게 놀라세요?"

"정말로, 내가 있던, 곳?"

나는 그렇게 생각했다. 왜냐하면 내가 아는 한 그런 일로 작물이 피해를 본 적이 한 번도 없었기 때문이었다. 애초에 생활이 힘들어졌다면 나는 식비를 줄이기 위해 제일 먼저 죽었을 것이다.

"그럼요. 레룬다가 있을 때는 그런 일이 없었나요?"

"응."

"후후. 저는 그래서 역시 앨리스 님은 신녀가 아니라고 생각했어요."

내 말을 듣고 란 씨는 기쁘게 웃으며 이야기를 계속했다.

"신녀는 신에게 사랑받는 자다. 그러므로 신녀가 사는 토지가 황폐해지는 것을 신은 허락하지 않는다."

"그게, 뭐야?"

"교회에 남아 있는 글귀예요. 과거 신녀가 세상에 나타난 것은 최근이라고 해도 100년이나 더 된 얘기죠. 그래서 신녀에 관한 정보는 적어요. 하지만 신녀와 얽힌 일화는 여럿 남아 있습니다. 저는 신녀를 연구하면서, 신녀가 사랑한 토지는 황폐해지지 않는다는 걸 알았어요. 신녀가 떠나더라도 신은 신녀가 사랑했던 토지가 황폐해지는 것을 허락하지 않아요. 신녀가 사랑하고 아끼던 토지는 신녀가 죽은 뒤에도 신의 축복을 받죠. 애초에 신녀의 영향 범위는 넓다고 해요. 신녀가 소속된 나라는 적어도 악천후 등으로 받는 피해가 줄어든다고 해요. 국가 전체가 말이에요."

"……그렇, 구나."

신녀는 내가 생각했던 것보다 훨씬 더 커다란 존재인 모양이다. 이야기를 들으며 조금 놀랐다.

"상층부는 신녀가 화나서 신벌로 벼락이 떨어졌다고 했지만 그건 틀렸다고 생각했어요. 애초에 정말로 신벌이 있다면 곧장 제게 내렸겠죠. 그나저나 레룬다, 이 마을은 환경이 아주 좋나요?"

"응."

"나고 자란 마을과 비슷하게 작물 등이 자라나요?"

"응, 그래."

"그럼 역시 레룬다의 고향 환경이 지금까지 좋았던 건 레룬다가 있었기 때문인 것 같네요. 레룬다가 이렇게 수인 마을에 와서 이곳은 좋은 영향을 받고 있어요. 역시 저는 레룬다가 신녀라고 생각해요."

란 씨는 그렇게 말하고 웃었다.

"그래……."

"네."

"……란 씨, 신녀, 자세히 알아. 가르쳐 줘."

나는 란 씨의 말을 들으며 정말로 내가 신녀일 가능성이 있다고 생각하여 그렇게 말했다.

그렇다면 나는 신녀라는 존재에 관해 알아야 한다.

"예! 물론 좋아요! 하지만 나중에 알려 드릴게요. 수인들의 얼굴이 무서워지고 있으니까요…….”

그 말을 듣고 가이아스 쪽을 보았다. 빤히 이쪽을 보고 있었다.

"그런데 저를 도중까지 운반했던 그리폰과 이 스카이호스는…….”

"나, 계약."

"와, 대단하네요.”

란 씨는 반짝거리는 눈으로 나와 시포를 보았다.

처음 보는 사람에게 계약에 관해 말하지 않는 편이 좋았을지도 모르지만, 내 직감이 란 씨는 믿을 만하다고 했기에 그렇게 알려 주고 말았다.

나는 란 씨를 보고 가이아스와 아토스 씨에게 오라고 손짓했다.

"레룬다, 괜찮아?"

"응."

가이아스가 제일 먼저 물어서 대답했다.

그런 우리 옆에서 아토스 씨와 란 씨가 대화를 나눴다. 란 씨가 아토스 씨에게 이 마을에서 같이 살고 싶다며 부탁하고 있었다. 아토스 씨는 복잡한 얼굴이었다.

하지만 몇 번이고 사정사정한 란 씨는 조건부로 마을에서 같이 살게 된 듯했다.

막간 신관, 의심하다 / 교육 담당의 기록 / 수인의 수장, 교육 담당을 알다

잠에서 깨자, 익숙한 신관복을 입은 여성이 눈을 크게 뜨더니 허둥지둥 말했다.

"드디어 깨어나셨군요."

그렇게 말하고 기쁘게 미소 지은 신관은 물을 내밀었다.

나는 왜 자고 있었던 거지?

신녀가 나타난 것 아니냐는 소문이 돌기 시작했었다.

이 세계에는 온갖 신이 존재한다. 올바르게 신을 신앙하는 자는 신의 목소리를 들을 수 있다.

우리 나라에도 8년 전까지는 신의 목소리를 듣는 자가 있었다. 하지만 그분은 돌아가셨다.

그리고 신의 목소리를 들을 수 있는 자가 나라에 존재하지 않는 상황에 신녀가 이 세상에 나타났을지도 모른다는 의혹이 불거진 것이다.

나를 포함한 신관 열 명은 신녀를 찾기 위해 죽을지도 모르는 의식을 행했고 어떻게든 신의 목소리를 들을 수 있었다.

의식을 잃기 전에 우리는 다른 신관들에게 신녀의 정보를 전했다. ……거기까지 떠올리고 나는 말했다.

"신녀, 님은……."

"신녀님?"

"신녀님은…… 모셔왔습니까."

"예, 잘 모셔왔어요."

나는 신관의 말에 안도했다.

그리고 의식을 치른 자들 중에서 내가 제일 먼저 깨어났고 다른 신관들은 아직 자고 있음을 알았다.

넉 달이나 몸져누워 있었다는 모양이다. 아무도 죽지 않았다고 해서 나는 안심했다.

신의 목소리를 듣는 자가 없었기에 신녀가 변경 마을에서 7년이나 살게 했다. 참회의 마음을 느끼지 않을 수 없었다. 우리가 신의 목소리를 바르게 들을 수 있었다면 신녀가 태어났을 때 바로 모시러 갈 수 있었을 텐데.

내가 그런 생각에 사로잡혀 있을 때, 식사를 가져오겠다며 신관이 방에서 나갔다.

신탁으로 한꺼번에 전달받은 정보 속에서 일순 신녀의 모습을 어렴풋이 볼 수 있었다.

그 모습을 떠올리자 실제 신녀는 어떠할지로 생각이 뻗어 나갔다.

──아아, 신녀님.

신에게 사랑받는 자.

어떤 분일까. 신녀가 존재한다는 기적의 시대에 내가 살아 있다고 생각하자 너무나도 행복했다.

어서 신녀와 만나고 싶다. 신녀를 위해 행동하고 싶었다.

사흘 후, 신녀 앞에 설 준비가 갖춰졌다.

신녀는 아직 대중에게 선보이지 않았다고 들었다.

다만 신녀가 아주 아름다운 분이라는 이야기는 평민들 사이에도 퍼진 듯했다.

애써 신녀를 모셔왔는데 아직 어린 신녀에게 제대로 교육이 이루어지지 않았다고 해서 눈썹을 찌푸리고 말았다.

상층부는 신녀를 허술하게 가르쳐서 꼭두각시로 만들려는 것 아닐까 하는 무서운 생각마저 떠올랐다. 이 나라는 신녀를 어쩔 작정인지 불안하기도 했다.

신녀가 마음 편히 하루하루를 보낼 수 있도록 해야 하는 것은 당연하지만, 신녀가 제대로 배우도록 자리를 마련해야 했다.

신녀는 신녀이기에 자신의 입장을 확실하게 이해해야 한다. 어디까지나 내가 그리는 이상적인 형태는 그랬다.

신녀의 교육을 담당했던 여성이 신녀에게 적절하지 않은 태도를 보여서 추방됐다는 이야기를 듣고 머리가 아팠다.

신녀에게 의견을 냈다는 이유로 페어리트로프 왕국의 제5왕녀도 변경으로 쫓겨났다고 했다. 뭐라 말할 수 없는 기분이 들었다.

교육 담당 여성과 제5왕녀 때문에 왕도에 불행이 찾아왔다고들 하는데, 내가 잠든 동안 무슨 일이 일어났는지 아직 정리가 되지 않았다.

일단 신녀와 만나서 진지하게 이야기해 보자.

신녀를 만나러 가며 나는 분명 그렇게 생각하고 있었다.

하지만 신녀 앞에 서서 신녀를 보자 그 생각은 날아갔다.

"내가 신녀야!!"

자신만만하게 그렇게 단언한 소녀는 확실히 아름다웠다.

파란 눈동자와 긴 금색 머리카락. 그래, 금색 머리카락. 나는 거기서 눈을 뗄 수 없었다.

"……저는, 일룸이라고 합니다."

"일룸이구나!!"

그 후 신녀와 무슨 이야기를 했는지는 기억나지 않는다. 그냥저냥 무난한 이야기를 하고서 나는 퇴실했다.

그리고 대신전에 인접한 신관들의 이주 구역에 있는 내 방으로 향했다.

나는 혼란스러웠다.

소문을 듣고 불안하기는 했지만, 신녀와 만나기를 정말로 기대하고 있었다. 신녀와 만날 수 있다. 신에게 사랑받는 자와 만날 수 있다는 사실에 설레었다.

하지만 틀렸다.

일순 보였던 신탁 속에서 신녀의 머리카락은 금색이 아니었기 때문이다. 어렴풋하기는 했지만 적어도 색깔은 보였다.

아름다운 금색이 아니라, 굳이 따지자면 좀 더 차분한 색. 어디에나 있을 법한 갈색이었다.

신탁에서 잠깐 보았던 모습이 틀렸을 수도 있을까? 내 기억

이 잘못됐다거나…….

아니, 그렇지 않다. 그렇다면 어떻게 된 걸까. 아직 머릿속은 혼란스럽지만 가능성을 생각했다.

신녀가 머리를 염색했나……? 아니, 그렇지는 않을 것이다. 염색약은 비싸고, 변경 마을에서 구할 수도 없다. 애초에 염색은 머리를 감으면 지워지므로 신녀를 돌보는 자가 신녀의 진짜 머리색을 모를 리가 없다.

……어쩌면 신전에서 거둔 신녀는 진짜가 아닐지도 모른다는 가능성에 생각이 미쳐서 나는 전율하고 말았다.

◆

『신녀에 관한 기록』

기록자: 란드노 스토파

신녀로 추정되는 레룬다(※1)에 관한 기록이다.

※1 신녀를 이름으로 막 부르는 것에는 저항감이 들지만, 본인의 희망으로 호칭 없이 표기한다.

먼저 신녀란 어떤 존재인지 정리한다.

신녀
· 신에게 사랑받는다.
· 신녀가 지내는 토지는 번영한다.

· 축복을 줘서 '기사'를 만들 수 있다.
· 특별한 힘이 있다.

알고 있는 사항은 이 정도다. 신녀에 관한 정보는 정말로 적다.

신녀가 나타난 가장 최근 기록은 100년 전이다. 신녀는 때때로 이 세계에 출현한다.

나는 신녀를 연구하고 있으나 신녀에 관해 아는 것은 문헌에 남은 정보뿐이다.

다음으로 신녀로 여겨지는 레룬다에 관한 정보를 정리한다.

레룬다

· 7세
· 갈색 머리, 갈색 눈
· 120cm쯤 되는 키
· 과묵함
· 작은 동물 같음
· 신성 마법 적성이 있는 모양
· 그리폰 및 스카이호스와 계약을 맺었음

문헌 속 기록을 보면 신녀가 미워한 나라는 비참한 말로를 맞이한다.

이 때문에 신녀의 노여움을 사면 봉변을 당한다고 여겨진다. 그러나 현재 페어리트로프 왕국에서 문헌에 나오는 바와 같은 재앙은 일어나지 않았다.

페어리트로프 왕국에 재앙이 일어나지 않은 이유는 레룬다의 성격 때문이라고 여겨진다. 레룬다는 소외당하고 버려졌음에도 페어리트로프 왕국을 미워하지 않는 것처럼 보였다.

요컨대 재앙이 일어나느냐 마느냐는 신녀의 기분에 달려 있는 듯하다. 레룬다는 페어리트로프 왕국에 부정적인 감정을 일절 품고 있지 않다.

레룬다가 예전에 어떻게 지냈는지도 본인에게 어느 정도 들을 수 있었는데, 어린아이에게는 힘든 나날이라고 말할 수밖에 없는 생활이었다. 그러나 예전 이야기를 듣고 역시 레룬다는 신녀라는 생각에 다시금 이르렀다.

식사를 제공받지 못하면 보통은 그대로 아사한다.

운 좋게 음식을 찾을 수 있을 리가 없다. 맞을 뻔할 때마다 우연이 거듭되어 맞지 않은 것도 불가능한 일이다.

애초에 레룬다가 나고 자란 마을은 내가 방문했을 때 해충에 시달리고 있었다. 작황이 좋지 않아 주민들의 낯빛이 어두웠다.

레룬다가 마을에 체재했을 때는 그런 일이 없었다고 한다. 레룬다는 마을에서 소외당하던 존재이니, 만약 마을에 먹을 것이 없었다면 가장 먼저 희생되었을 것이다.

레룬다가 신녀이기에 그런 상황이 되지 않았으리라고 사료된다. 레룬다라는 신녀가 있었기에 마을은 번성했고, 페어리트로프 왕국이 풍작이었던 것도 아마 레룬다를 굶기지 않기 위함이었으리라.

앨리스 님—— 아니, 앨리스는 아름다운 외모 때문에 변경 마을치고는 잘살던 그 마을에서 여러 가지 공물을 받았다고 한다. 이것은 마을 사람과 앨리스와 레룬다의 증언으로도 확인된 사항이다.

나라에 흉년이 들면 변경 마을에 사는 레룬다에게 어떤 영향이 미쳤을지 알 수 없기에 풍작이 이어졌다고 추측한다.

신녀는 신녀를 사랑하는 신에 따라 영향력이 다르다고 한다.

현재 레룬다가 어떤 신의 총애를 받고 있는지는 확실하지 않다. 다만 레룬다 주변을 주의 깊게 살펴보면 알게 되는 점들은 있다.

이를테면 레룬다가 계약을 맺은 그리폰과 스카이호스.

이 마물 두 종의 공통점은 하늘을 날 수 있다는 것이다. 어쩌면 하늘이나 비행과 관련된 신일지도 모른다. 그런 공통점과는 관계없이 그리폰 및 스카이호스와 관련이 깊은 신일지도 모르지만. 현재로서는 알 수 없다.

다음으로 수인들과 레룬다의 관계에 대해.

관계는 매우 양호하다. 그래서 수인과 관련이 깊은 신일지도 모른다고 생각했으나, 수인 마을의 수장인 아토스 씨의 이야기를 듣건대 그건 아닌 것도 같다. 아토스 씨는 처음에 레룬다를 대단히 경계했다고 한다.

이 마을의 수인들은 숲에 살고 있어서 그리폰을 신처럼 숭상했다. 그런 그리폰과 함께 지내는 인간 소녀에게 경계심을 품지 않기도 어려운 일이다.

하물며 내 고향인 페어리트로프 왕국을 포함해 인간 중에는 다른 종족을 노예라고 생각하는 자가 그런대로 존재한다. 그런 점도 있어서 수인들이 인간을 경계하는 것은 당연한 일이라고 할 수 있다.

그 경계심은 하루하루 함께 지내며 풀어졌고 레룬다는 수인 마을에 녹아들었다. 내가 레룬다와 처음 대화했을 때도 수인들이 걱정스럽게 지켜봤었다. 나를 경계했기 때문이다.

레룬다는 그리폰과 스카이호스를 가족이라고 말한다.

지금 아가타에 있는 부모와 언니 앨리스는 한때 가족이었던 사람들이라고 인식하는 듯하다. 레룬다는 부모와 언니를 미워하지도 좋아하지도 않고, 그저 가족이었던 사람들이라고 여기는 것 같다.

나고 자란 마을에서 레룬다는 자기 의지로 행동한 적이 거의 없었다고 한다. 만약 레룬다가 자기 의지로 행동하며 마을에서 잘 지냈다면, 수인 마을에서 벌어진 기적(※2) 같은 일이 일어나 국가는 신녀를 금방 알아차릴 수 있었을 것이다.

※2 내가 수인 마을에 오기 전에 일어난 기적. 빈사 상태의 수인을 레룬다가 고쳤다고 한다.

레룬다는 수인 마을에서 즐겁게 살고 있다. 수인들의 부탁을 들어주고 마법을 공부하며 그리폰 및 스카이호스와 놀면서 내게 신녀 이야기를 듣는다.

신녀로 예상되는 레룬다가 살며 사랑하는 이 토지는 놀라우리만큼 농사가 잘됐다.

이 풍작이 내년과 내후년에도 이어진다면 레룬다가 신녀라고 다시금 확신할 수 있다.

나는 레룬다가 신녀라고 생각하지만, 본인은 신녀일지도 모를 뿐이지 정말 신녀인지는 알 수 없다고 했다.

페어리트로프 왕국의 신전은 신탁을 받을 수 있는 자가 없는 상황이었으므로 논외이나, 다른 나라의 대신관이 한번 본다면 레룬다가 신녀인지 아닌지 알 수 있을지도 모른다. 그 기회가 올지 안 올지도 확실하지 않지만.

내가 수인 마을에 발을 들인 지 아직 며칠밖에 안 지났다. 수인들은 나를 경계하고 있지만, 신녀로 추측되는 소녀를 가까이서 볼 수 있어 연구자로서 행복하다.

어떻게든 수인 마을의 주민들에게 마을 일원으로 인정받고, '신녀'가 어떤 존재인지를 깊이 연구해 나가는 것이 현재 나의 목표다.

◆

"넌 무슨 생각으로 여기 있는 거지?"

"저는 그저 레룬다 곁에서 살고 싶을 뿐이에요."

란드노는 레룬다 곁에서 살고 싶다고 주저 없이 말했다. 그 눈은 똑바로 나를 응시하고 있었다. 지금까지의 태도를 봐도 그 말이 진심임을 알 수 있었다.

하지만 어째서 이렇게까지 레룬다 곁에 있기를 원하는지 모르겠다. 죽을지도 모르는데 왜 레룬다를 쫓아 혼자서 숲에 들어왔는지 모르겠다.

수인 마을의 수장으로서, 새로운 인간이라는 위험한 존재를 받아들이는 것에는 신중한 판단이 필요했다. 레룬다와 이야기를 끝낸 란드노에게 물어보았다.

"어째서 그렇게까지——"

"저는 연구자예요. 알고 싶다는 소망을 늘 가지고 있죠. 제게 레룬다는 무척 알고 싶은 존재예요. 레룬다 옆에서 레룬다가 앞으로 어떻게 살아가는지를 지켜보고 싶어요."

란드노가 연구자라는 이야기는 들었다. 무슨 연구자인지는 밝혀지지 않았지만.

그나저나 레룬다가 연구 대상이라니 어떻게 된 걸까. 연구 대상으로 삼는다는 말만 들으면 레룬다에게 위해를 가하지는 않을지 불안하다. 하지만 눈앞에 있는 란드노를 보건대 그런 짓을 할 것 같지는 않았다.

"——연구한답시고 레룬다에게 위해를 가하거나, 레룬다를 가지고 실험하려는 건 아니겠지?"

"설마요!"

혹시 몰라서 묻자 란드노는 믿을 수 없는 소리를 들었다는 듯 외쳤다.

"제가 레룬다에게 위해를 가해요? 말도 안 되는 일이에요.

저는 레룬다가 무탈히 지내기를 원해요. 저는 레룬다를 마음대로 주무르고 싶은 게 아니라고요. 저는 그저 레룬다가 고른 선택지 끝에 무엇이 있을지, 어떻게 살아갈지가 궁금해요. 곁에서 보고 싶어요. 그게 다예요. 만약 제가 이 말을 어긴다면 죽이셔도 돼요. 저는 그만큼 진심으로 레룬다의 인생을 가까이서 지켜보고 싶을 뿐이니까요."

똑바로 이쪽을 바라보고서 말하는 란드노를 믿기로 했다.

"──알겠다. 믿지. 단, 약속을 깨면 방금 한 말을 실행하겠어."

"예, 당연하죠. 상관없어요."

사람의 마음은 변한다. 그러니 본인이 한 말을 어기면 내 손으로 란드노의 삶을 끝내자. 이 약속은 수인 마을의 다른 어른들에게도 전달되었다.

어지간한 예외가 아닌 이상, 인간이 수인 마을에서 살려면 이런 약속은 필요했다.

본인이 한 말을 어길 시 죽인다는 무서운 약속을 했음에도 불구하고 란드노는 태연하게 수인 마을에서 살고 있다. 겁먹은 모습은 전혀 보이지 않아서 각오를 다졌음을 알 수 있었다.

란드노는 레룬다 곁에 있기를 원한다. 레룬다의 앞날을 지켜보고 싶어 한다. 정말로 그것뿐이라고 느꼈다.

"저기, 이건 어디에 두면 될까요?"

"뭔가 도울 일이 있을까요?"

레룬다를 옆에서 보고 싶다는 목적 때문이겠지만, 란드노는 열심히 수인들과 친해지려고 했다.

무시하는 자나 냉담한 태도를 보이는 자도 없지는 않았다. 하지만 란드노는 그런 상대에게도 태도를 바꾸지 않았다. 한 번도 불쾌한 기색을 내비치지 않고 마을 사람들에게 웃어 보였다.

어린아이인 레룬다라면 몰라도, 다 큰 인간인 란드노를 우리는 한층 더 경계하고 있었다.

레룬다는 어리고, 고향에서 심한 취급을 받았었다. 그런 환경이었기에 우리 수인과 친해질 수 있었다.

하지만 란드노는 인간 사회에서 수인을 깔보는 가르침을 받고 살아온 어른일 터. 그렇기에 속으로는 마을 사람들을 해칠 마음을 먹은 건 아닐까 걱정도 컸다.

겉으로는 착하게 굴면서 속으론 위해를 가할 작정이지 않을까.

우리를 노예로 팔아넘기려는 속셈인 건 아닐까.

그런 불안이 머릿속을 스칠 만큼 우리 수인과 인간이라는 종족 사이의 불화는 심했다.

종족 차이, 지금까지 종족 간에 쌓인 감정. 어쩔 도리가 없는 골이 수인과 인간 사이에는 있었다.

그런데도 우리가 란드노를 마을에 받아들인 것은 레룬다가 있기 때문이었다. 레룬다가 있고, 그리폰 님께서 란드노를 거부하지 않았으니까.

애초에 란드노는 레룬다가 없었다면 이 마을에 오지 않았을 테고, 레룬다가 없었다면 우리가 다 큰 인간을 받아들일 일도 없었으리라. 그렇게 생각하면 레룬다가 우리에게 끼치고 있는 영향은 정말로 크다.

"오늘은 아이들에게 공부를 가르쳤어. 그 여자, 말을 잘해."

"오늘은 요리를 했어. 다만 그다지 맛있어 보이진 않았어."

"체력은 별로 없더군. 그리고 잘 싸우지도 못할 거야."

란드노를 감시하는 면면이 란드노가 이 마을에서 뭘 하고 있는지 매번 보고했다.

공부를 잘하고 말발이 좋다.

요리를 할 수는 있지만 맛있는 음식은 못 만든다.

잘 싸우지 못하고 체력이 없다.

솔직히 말해서 그런 정보가 모일수록 란드노에 대한 우리의 경계심은 점점 작아졌다.

감시하는 자들도 그 사실을 자각하고 있을 것이다.

란드노는 틈이 없어 보이지만 틈이 있다고 할까, 못하는 일도 꽤 많았다. 애초에 잘 싸우지도 못하면서 이 숲에 혼자 쳐들어온 것만 봐도 레룬다를 만나고 싶다는 일념으로 행동했음을 이해할 수 있었다.

나는 레룬다와 란드노가 무슨 이야기를 했는지 모른다. 단 둘이 이야기한 내용을 묻지도 않았다.

사실은 이 마을을 위해서도 강제로 캐물어야 할지도 모른다. 란드노는 레룬다에 관해 뭔가를 많이 알고 있고, 아마 그것을 둘이서 이야기했을 것이다. 하지만—— 레룬다에게 뭔가 비밀이 있더라도 본인의 입으로 말해 줬으면 좋겠다.

레룬다는 엄청난 신성 마법을 쓸 수 있고, 그리폰 님과 스카이호스와 계약을 맺었다.

　아직 알고 지낸 지 얼마 되지 않은 우리가 봐도 레룬다가 평범함과는 거리가 먼 존재라는 것은 일목요연했다. 그 비밀을 레룬다가 언젠가 직접 이야기해 줄 만큼 우리를 신뢰해 줬으면 좋겠다.

　비밀을 공유하는 사이이기도 해서 레룬다는 란드노와 친하게 지냈다. 란드노를 그다지 경계하지 않았다. 그만큼 우리가 경계했지만 그럴 염려도 점점 줄어드는 중이다.

　나는 이대로 란드노가 우리를 속이지 않기를 기원했다.

6 소녀와 교육 담당과 수인

란 씨가 마을에 살기 시작한 뒤로 수인들은 어딘가 긴장한 분위기였다. 인간과 수인의 불화는 생각보다 훨씬 심했다.

나는 아직 어렸기에 수인들도 덜 경계했다. 그리고 나는 모두가 신으로 받드는 그리폰들과 가족이었다.

하지만 란 씨는 다르다.

란 씨는 어른이고 그리폰과 가족이 아니다.

나는 란 씨가 나쁜 사람이 아니라고 막연하게 느끼고 있었다. 이제껏 막연한 느낌은 틀린 적이 없었다. 그래서 괜찮으리라고 생각하지만, 수인들은 그런 게 없어서 모른다고 한다.

가이아스도 란 씨를 경계했다.

"레룬다를 어디론가 데려가려는 거 아니야? 괜찮아?"

내가 신성 마법을 쓸 수 있다는 사실이 알려지면 끌려갈지도 모른다고 저번에 할머님이 말하기도 해서 특히 그 사실을 걱정하는 듯했다.

나를 걱정하여 그렇게 말해 주는 가이아스를 보니 기뻐졌다.

가이아스뿐만이 아니었다. 다른 사람들도 란 씨를 경계하며 나를 걱정했다.

"레룬다, 그 인간이 이상한 소리 안 했어? 괜찮아?"

"레룬다를 쫓아왔다니, 수상해……."

약사 제시히 씨와 내가 살린 에시타 씨도 그렇게 말했다.

나도 이 마을에 처음 왔을 때는 경계의 대상이었다. 하지만 지금은 친해졌다. 다들 나를 걱정해 줬다. 내가 모두를 사랑하듯 아마 다들 나를 좋아하지 않을까.

마을 사람들이 란 씨를 동료로 받아들일 수 있도록 나도 란 씨와 친해지자.

내가 란 씨랑 친해지고, 마을 사람들도 란 씨를 알고 친해지면 분명 괜찮을 것이다. 지금은 다들 긴장하고 있지만 머지않아 란 씨를 받아들여 줄 것이다.

란 씨는 나와 친해지고 싶다며 내게 친절하게 대했다. 마을 사람과 함께 열심히 요리도 했지만 평소 먹는 것과 조금 맛이 달랐다.

란 씨는 연구를 우선하느라 평소에도 식사에 그리 신경을 쓰지 않는 사람이었던 모양이라 요리도 서툰 것 같았다.

"그렇게 맛이 없나……?"

자신의 요리를 앞에 두고 의아해했다.

란 씨는 알면 알수록 배움을 좋아하는 사람이었다. 모르던 사실을 알게 되는 걸 좋아하고, 못 하던 일을 할 수 있게 되는 것도 좋아했다. 그런 부분은 나도 공감이 갔다.

란 씨는 지금껏 해 본 적 없는 일을 그저 못 한다며 끝내지 않고, 내가 하는 일을 자진해서 함께했다.

마물 해체도 나와 함께 시노룬 씨와 단동가에게 배웠다. 손놀림이 위태롭긴 했지만 열심히 했다.

"해체는 이렇게 힘들구나……."

얼굴이 핼쑥해지긴 했으나 끝까지 해내서 깜짝 놀랐다.

란 씨는 공부를 열심히 해서, 할머님에게도 수인 마을에 전해져 내려오는 수인들의 내력이나 그리폰을 신으로 숭배하는 일화 등 많은 이야기를 들었다.

아직 내가 할머님에게 배우지 않은 부분까지 파고들어 속속들이 물었다.

"정말로 너는 많은 것을 알고 싶어 하는 인간이구나. 그리폰 님은 이 숲속에서 고상한 존재야. 지성이 넘치고, 곤경에 처한 우리를 몇 번이나 도와주셨지. 마물에게 쫓겨 몹시 절박했을 때도 말이야. 그렇기에 우리는 그리폰 님을 신으로 여기고 있는 거란다."

그런 이야기를 하는 할머님 옆에서 루미하와 유잉이 "그륵그륵그르르(우리는 신!)" 하고 신난 목소리로 말했다. 나는 두 마리의 머리를 쓰다듬으며, 할머님의 이야기를 듣고 눈을 반짝이는 란 씨를 보았다.

왕도라는 곳에서 가져왔다는 노트에 열심히 이야기를 적고 있었다.

인간의 도시에 전해지는 이야기와 수인 마을에 전해지는 이야기는 여러모로 달라서 연구할 맛이 난다고 눈을 반짝였다.

열심히 공부하는 란 씨는 할머님에게도 좋은 학생인 모양이라 란 씨는 가장 먼저 할머님과 친해졌다. 이 마을에서 다양한 것을 가장 잘 아는 사람은 할머님이었고, 배우고자 하는 욕구를 주체 못하는 란 씨는 할머님을 존경스럽다는 눈으로 보았다.

나는 두 사람이 친해져서 기뻤다.

란 씨는 그렇게 다양한 것을 배우고 있었지만 나를 가장 궁금해했다.

란 씨는 내가 신녀라고 믿고 있었다. 그래서 내 행동 하나하나, 내가 온 뒤로 마을이 어떻게 변했는지 등에 제일 관심이 많은 듯했다.

란 씨는 신녀라는 존재를 줄곧 공부한 사람이지만 그런 란 씨에게도 신녀는 불분명한 점이 많은 존재였다.

"그리폰과 스카이호스와 계약을 맺은 것도 우연은 아닐 거예요. 거기에도 뭔가 있을지 몰라요."

"그래?"

"네. 뭔가 계기가 있겠죠. 신녀는 만능이 아니니까 어디까지나 계기를 줬을 뿐이라고 할 수 있을지도 모르지만요."

계기라. 시포가 나와 그리폰을 만나게 해 줬다. 시포와 만난 계기도 내가 신녀라서 그랬을 가능성이 큰 듯했다.

확실히 시포와 우연히 만나지 않았다면 나는 이곳에 없었을 것이다. 어쩌면 죽었을지도 모른다. 하지만 그게 신녀일지도 모른다는 점과 관련이 있는 걸까.

란 씨는 뭐라고 중얼거리며 열심히 생각하고 있지만 나는 도통 알 수 없었다.

"그리폰과 스카이호스. 그 마물들이 이렇게 신녀 곁에 있는 건——"

"어쩌면 이것에는——"

란 씨는 때때로 이렇게 혼자 생각하는 모드에 들어가 버린다. 그러면 더는 주변을 신경 쓰지 않게 된다.

그런 란 씨의 성격을 수인들도 조금씩 알아 가며 란 씨에 대한 경계심을 풀어 나갔다.

"밥 먹을 시간인데 란 씨가 없어……."

"또 끼니를 거르려는 건가!"

"항상 밤중에 불이 켜져 있어. 혹시 잠을 안 자는 건 아닐까……."

란 씨는 늘 공부에 열중한 나머지 식사 시간을 잊거나 수면 시간을 줄였다.

그래서 다들 란 씨를 경계하기보다 걱정하게 되었다.

솔직히 나는 밥 먹는 것도 좋아하고 자는 것도 좋아해서, 이렇게나 일상적으로 공부에 열중하여 식사와 수면을 거르는 마음은 이해할 수 없다. 하지만 이렇게까지 열중하는 점은 근사했다.

나는 할 수 있는 일을 늘리고 싶어서 다양한 일을 배우고 있지만 란 씨처럼 몰두할 수 있는 것은 가지고 있지 않으니까. 나는 몰두할 수 있는 무언가가 생긴 란 씨가 눈부시게 느껴졌다.

하고 싶은 일, 몰두할 수 있는 일. 목표가 있다는 것. 그것이 이토록 사람을 빛나게 하는구나.

내가 아직 찾지 못한 것. 그것을 란 씨는 가지고 있었다.

"란 씨는…… 눈부셔."

"제가 눈부시다고요? 무슨 뜻인가요?"

"란 씨, 하고 싶은 일, 하고 있어. 나, 하고 싶은 일, 아직 모르니까. 그래서── 굉장히, 눈부시게 보여."

나고 자란 마을에서 나는 아무 생각 없이 하라는 대로 움직였다. 내 뜻은 없는 것이나 마찬가지였고 생각 자체를 포기하고 있었다.

시포와 그리폰과 만나고 수인들과 만나며 나는 스스로 행동하는 법을 배웠지만, 이토록 몰두할 수 있는 것과는 만나지 못했다.

정말 진심으로 몰두할 수 있는 것과 만난다면 나도 란 씨처럼 빛나게 되는 걸까. 그런 동경이 싹텄다.

"그런가요? 저는 하고 싶은 일을 하고 있을 뿐인데요."

"응. 무척 눈부셔. 나, 란 씨처럼, 찾고 싶어."

"하고 싶은 일을요?"

"응. 란 씨처럼, 되고 싶어."

자신이 몰두할 수 있는 일을 열심히 해서 반짝이는 사람이 되고 싶다. 그렇게 되면 내 인생은 더 즐거워질 테니까.

"레룬다가 그렇게 말해 주니 기뻐요. 레룬다는 아직 어리니까 앞으로 찾을 수 있을 거예요."

"찾았으면, 좋겠다."

"좋아할수록 몰두할 수 있으니까 뭘 좋아하는지 생각해 봐요."

란 씨는 온화하게 싱긋 웃었다.

란 씨의 온화한 미소를 보고 있으면 무척 안심이 된다. 란 씨는 내가 신녀일지도 모르니까 이렇게 상냥하게 대해 주는 것일지도 모르지만, 그래도 란 씨가 온화하게 웃어 주는 것이 기뻤다.

이유가 뭐든 간에, 계기가 뭐든 간에 나를 생각해서 말을 건네는 란 씨가 좋으니까.

◆

"란 씨, 이거, 는?"

"이건 말이죠——"

눈앞에서 레룬다가 란드노와 이야기하고 있었다. 레룬다는 란드노에게 마음을 허락하기 시작했다.

내 옆에서 그 모습을 보는 가이아스를 힐끔 살펴보았다.

가이아스는 레룬다가 란드노—— 인간 여성과 함께 마을에서 사라지지는 않을까 불안한 듯했다. 내가 보기에 란드노는 이 마을에서 나갈 생각이 없는 것 같지만, 가이아스에게는 걱정스럽게 보이는 모양이다.

불안한 표정을 짓는 가이아스에게 나는 말했다.

"가이아스, 그런 얼굴 하지 마. 레룬다는 어디로도 안 가."

"……정말?"

"그보다 란드노는 딱히 레룬다를 데려갈 생각이 없어. 이 마을의 일원으로 인정받기 위해 필사적으로 굴고 있을 뿐이야. 레룬다는 쭉 우리와 함께 있을 테니까 걱정하지 않아도 돼."

"……응, 그렇지, 오샤시오 씨. 나, 레룬다랑 란드노 씨한테

갔다 올게!"

내 말에 가이아스는 그렇게 말하고서 온화하게 대화 중인 두 사람 곁으로 향했다.

레룬다는 우리와 쭉 함께 있다——. 그건 내 소망이기도 했다.

수인인 우리와 인간인 레룬다.

종족의 차이도 있으니 우리의 길은 언젠가 갈라져 버릴지도 모른다. 그런 불안은 란드노가 이곳에 오기 전부터 느끼고 있었다.

처음 만났을 때는 '인간 아이라니.' 하고 탐탁지 않게 여겼다. 하지만 지금은 레룬다가 있는 것이 내게—— 아니, 마을 사람 모두에게 당연해졌다. 레룬다가 없는 마을을 생각할 수 없을 정도로.

그렇기에 가이아스의 불안도 마땅했다. 그래서 자신을 타이르는 의미도 담아 가이아스에게 말했다.

하지만 란드노가 레룬다를 이 마을에서 데리고 나가지는 않을 것이다.

란드노를 조금씩 알아 가며, 레룬다의 뜻에 반하는 일은 하지 않음을 알았다. 레룬다를 정말로 소중히 여기고 있음을 알았다. ——그러니 설령 길이 달라지더라도 그게 지금은 아닐 것이다.

그 사실을 실감하고 안도했다.

란드노의 존재는 레룬다에게도 우리에게도 좋은 영향을 주었다. 란드노는 레룬다가 모르는 인간 세계의 정보를 알려 주고 있었다.

우리가 몰랐던 인간의 이야기. 그것을 앎으로써 우리는 편견을 없앨 수 있고, 앞으로 인간과 엮이게 됐을 때 어떻게 대처할지 등도 재검토할 수 있다.

본심을 말하자면 최대한 인간과는—— 아니, 다른 종족과는 엮이지 않으며 살아가고 싶다. 하지만 레룬다와 란드노를 받아들이며 마을에 변화가 찾아오고 있었다.

신성 마법을 쓰는 등 평범하지 않은 레룬다가 이 마을에 있기도 해서 뭔가 일어날지도 모른다는 예감이 들었다.

레룬다, 란드노와 접하면서 모든 인간이 나쁘지는 않다는 것을 알았다. 그러나 좋은 인간만 있는 것은 아니라는 사실 역시 안다.

인간과 엮이지 않았던 우리가 인간 중에도 좋은 인간이 있음을, 그리고 일부 인간이 좋아질 수 있음을 알게 된 것은 레룬다와 란드노 덕분이다.

앞으로도 인간인 레룬다와 란드노와 우리 수인이 함께 있을지 어떨지는 알 수 없다.

하지만 함께 사는 미래가 있었으면 좋겠다. 아니, 함께 살아갈 수 있도록 나도 노력하고 싶다.

우리들 수인과 인간인 두 사람.

동료로서 함께 걸어가는 모습을 상상만 해도 따뜻한 기분이 드니까. 그 따뜻한 장소를, 지금 이 인연을 소중히 지키며 함께 나아가고 싶다.

같이 웃는 레룬다, 란드노, 가이아스를 바라보며 나는 그런 생각을 하지 않을 수 없었다.

7 소녀와 고양이 수인

아침 일찍 깨어나 집 밖으로 나가니 가만히 서 있는 레룬다가 보였다. 새끼 그리폰인 레마와 루마도 함께 있었다.

레룬다는 신기한 여자아이다.

내게는 레룬다가 처음 만난 인간 여자아이라서 인간 여자아이는 전부 이런 느낌인 걸까 생각했었다. 하지만 아빠에게 물어보니 그렇지만은 않은 모양이었다. 레룬다는 초면에 내 귀와 꼬리를 마구 만져댔고…… 뭐, 기분 좋았지만!

"레룬다, 안녕!!"

"……아."

"응? 왜 그래?"

내가 인사하자 뭔가 충격받은 표정을 지어서 무심코 물었다. 레룬다는 표정이 별로 없는 아이지만 함께 지내면서 무슨 생각을 하는지 알 수 있게 됐다.

그리고 처음 만났을 때보다 레룬다는 표정이 풍부해졌다.

"마법, 연습하고 있었어. 집중, 끊겼어."

"그랬어?! 미안해. 그냥 서 있는 것처럼 보였거든."

레룬다의 말을 듣고 나는 사과했다.

레룬다는 할머니에게 마법을 배우고 있었다. 나도 언젠가 마법을 써 보고 싶어서 함께 마법을 공부하고 있지만 조금도 마력을 느끼지 못하고 있었다.

수인은 마법을 못 쓰는 자가 인간보다 훨씬 많은 종족이라고 할머니가 그랬다. 쓸 수 있더라도 신체 강화 마법 정도라고. 마침 우리 마을에서는 동구 씨가 그 마법을 쓸 줄 알지만, 정말로 수인은 태반이 마법을 못 썼다.

그렇게 생각하면 다른 사람의 상처를 고칠 수 있는 레룬다의 신성 마법은 대단했다. 레룬다가 순식간에 상처를 고쳤을 때, 나는 정말로 깜짝 놀랐다. 동시에 레룬다가 쓰러져서 매우 걱정했다.

레룬다는—— 자신을 소중히 여기지 않는다. 그만큼 이전의 레룬다는 사랑받지 못하는 것이 당연했던 걸까? 그래서 자신이 쓰러져도 전혀 신경 쓰지 않았다.

레룬다가 어떻게 살아왔는지는 알 수 없지만, 다른 사람이 자신을 소중히 여기고 걱정해 주는 것이 기쁘다며 우는 레룬다가 웃으며 살아갈 수 있도록 소중히 여기자고 생각했다.

레룬다는 웃는 편이 낫다. 별로 표정이 바뀌지 않는 레룬다가 조금씩 풍부한 표정을 보이는 것이 나는 기뻤다.

"괜찮아. 가이아스, 나쁜 뜻, 없어."

레룬다는 그렇게 말하고 작게 웃었다.

"마법 연습이라면 신체 강화?"

"응. 그것 말고는, 잘 몰라."

할머니도 레룬다에게 얼마나 마법 적성이 있는지 모른다고 했다.

우리 마을에는 마법 적성을 조사할 수 있는 것이 없다고. 그게 있었다면 내가 마법을 쓸 수 있는지도 간단히 알 수 있었겠지만, 그런 편리한 도구는 이곳에 없으니 일단 보류 중이다.

레룬다는 신성 마법 적성이 있지만 어쩌면 다른 마법 적성도 있을지 모른다는 모양이다. 인간 중에서도 특별한 경우라고 한다. 인간은 수인만큼은 아니지만, 엘프처럼 마법이 특기인 종족에 비해 마법을 잘 쓰지 못한다는 것 같다.

하지만 레룬다는 마력이 있고 마법을 쓸 수 있다. 그것만으로도 레룬다는 특별하며 여러모로 보기 드문 존재라고 했다.

하지만 나는 레룬다가 특별하더라도, 레룬다가 레룬다라면 그걸로 좋다고 생각한다. 다른 어른들도 그건 마찬가지다. 오히려 특별한 힘이 있는 레룬다를 누가 노릴지도 모르니까 지키고 싶다. 그런 점도 있어서 나도 마법을 쓰고 싶었다.

"레룬다는 마력을 느낄 수 있지? 마력은 어떤 느낌이야?"

"음, 뭔가, 따뜻해."

"따뜻한가. 나도 신체 강화를 써 보고 싶은데 애초에 마력이 뭔지 모르겠단 말이지~."

따뜻하다는 말을 들어도 알 수 없었다. 이래서는 마법을 쓸 수 없겠구나 싶어서 울적해졌다.

"그륵그륵그르으? (가이아스, 풀 죽었어?)"

"그륵그륵그르으으(나도 마력이 뭔지 몰라)."

내가 울적해하자 새끼 그리폰 레마와 루마 남매가 위로하듯 좌우에서 울었다.

나는 그리폰들의 말을 모르지만, 울음소리를 내며 나를 에워쌌기에 "위로해 주는 거야? 고마워." 하고 쓰다듬었다.

그리폰——우리 마을에서 신처럼 숭배하던 존재다. 아니, 지금도 숭배한다. 하지만 친근한 존재인 레룬다와 계약한 상태이기도 해서 내게 그리폰은 가까운 존재가 되었다. 그리폰 님이라고 불리기 싫다고 하여 그냥 부르고 있었다.

그리폰에 관해 생각하고 있는데 레룬다가 내 손을 잡았다.

"레룬다?"

나는 의아하게 여기고 레룬다를 불렀다.

"마력."

레룬다는 그 말만 하고서 내 손을 잡은 채 뭔가를 했다.

잡은 부분이 왠지 따뜻했다. 이 따뜻한 무언가는 레룬다가 말했던 마력인 걸까?

"손, 알겠어?"

"뭔가, 따뜻한데…… 손에 마력을 모은 거야?"

"응, 이거, 마력."

"이게 마력…….."

"응."

나는 레룬다가 보낸 그 마력을 느낄 수 있었지만 내 안에 있는 마력은 아무리 애써도 알 수 없었다.

다시 울적해하자 레룬다가 "내가 매일 보내면, 느낄 수 있을까?" 하고 제안했다. 요컨대 레룬다가 또 내게 마력을 보내 주겠다는 이야기였다.

나는 마력을 느끼고 싶었기에 그 제안을 승낙했다.

그 후 한동안 매일 아침 레룬다가 내게 마력을 흘려보냈다.

레룬다는 신체 강화 마법을 쓸 수 있게 되었다. 그리고 나도 내 안에 뭔가가 있음을 느끼기 시작했다.

인간 여성인 란 씨가 마을에 살기 시작하고 레룬다가 신체 강화 마법을 쓰게 되는 등 작은 변화는 있었지만 일상은 온화하게 흘러갔다.

그러던 어느 날, 마을 밖에서 누가 찾아왔다는 소식이 내 귀에 들렸다.

◆

마을 밖에서 누가 찾아왔다는 이야기를 듣고 놀랐다.

이 마을에 내가 온 뒤로 누군가가 찾아온 적은 없었기에 누가 왔을까 의문이 들었다.

다들 그 내방자에 관해 떠들었다.

"가이아스, 나, 보러, 가고 싶어."

"잠깐 여기 가만히 있자."

"왜?"

"지금 와 있는 사람은 다른 수인 마을에서 온 사람이거든. 무서운 분위기였고, 인간에게 좋은 감정이 없을지도 몰라······."

"그렇, 구나······."

"그래서 란 씨한테도 나오지 말라고 했어. 무슨 일로 왔는지 일단 아빠가 듣겠대."

"이렇게, 오는 일, 드물어?" "교류는 있지만 정해진 기간에 오니까 지금 시기에 오는 일은 드물어. 그리고 분위기가 이상 했어. 무슨 일이 있었던 걸지도 몰라."

나는 머릿속으로 가이아스의 이야기를 정리했다.

이곳은 늑대 수인 마을. 다른 수인 마을과도 적잖이 교류한 다. 하지만 그들과 교류는 있어도 이 시기에 오는 일은 드물다. 그리고 모습이 이상했다. ──무슨 일이 있었던 걸까.

찾아온 수인들은 인간에게 좋은 감정이 없을지도 모른다. 그러니 용건을 확실하게 들은 다음에 아토스 씨의 허가가 떨 어져야 만날 수 있을 것이다.

그건 그렇고 다른 수인 마을인가.

그 사람들도 늑대 수인일까? 나는 가이아스에게 물어보았다.

"거기도, 늑대?"

"아니, 거긴 고양이 수인 마을이야. 이곳과 가장 가까운 수 인 마을이지. 뭐, 가깝다고 해도 그런대로 거리는 있지만."

"고양이!"

고양이 귀와 꼬리가 달려 있을까? 상상하니 설레었다.

"레룬다는······ 귀랑 꼬리를 좋아하는구나."

"응. 인간, 없어. 복슬복슬, 좋아."

인간에게는 없는 복슬복슬한 귀와 꼬리가 좋았다. 하지만 맨 처음 만지고 말았을 때 만지는 건 특별한 의미라고 들어서 보기만 하며 참고 있었다.

"고양이, 말고, 또 있어?"

"있겠지만 근처에 마을이 없으니까 난 고양이 수인 말고는 만난 적이 없어. 아빠라면 여러 수인과 만나지 않았을까?"

나는 고향에 있을 때 인간밖에 못 봤지만 세상에는 여러 종족이 있었다.

그나저나 고양이 수인들의 모습이 이상하다고 했는데 무슨 일일까.

아토스 씨는 무슨 이야기를 하고 있을까.

"레룬다, 왜 그래?"

"생각, 하고 있었어."

이런저런 생각을 하느라 말이 없어진 내게 가이아스가 물었다. 그랬다. 나는 생각 중이었다.

"찾아온 사람들 생각?"

"응."

"걱정돼?"

"조금."

뭔가 바뀌는 게 아닐까 하는 생각이 들었다.

나고 자란 마을에서도 신관이 오고 나서 삶이 바뀌었다. 신관이 찾아와 신녀가 여기 있을 거라고 말해서. 그래서 부모님은 언니를 신녀로 삼고 나를 버렸다.

만남은 변화를 동반한다.

누군가가 오는 것, 누군가와 만나는 것. 그로 인해 뭔가가 바뀌어 나간다.

내 생활은 누군가와 만남으로써 변화하고 있었다.

시포와 그리폰들과 만나며 삶이 느긋해졌다.

그리폰들과 함께 지냈기에 아토스 씨와 가이아스와 만날 수 있었다. 그래서 수인 마을에서 살게 되었다.

란 씨를 숲에서 주웠고 란 씨도 이 마을에서 살게 되었다. 란 씨는 내가 모르는 것을 잔뜩 가르쳐 주고 있었다.

누군가가 오는 것, 누군가와 만나는 것. 그것이 변화로 이어진다고, 버려진 후 이것저것 경험하면서 생각하게 되었다.

……또 바뀌는 걸까.

좋은 일도 나쁜 일도 오니까 조금 불안해졌다.

이곳 생활은 즐거우니까. 마음이 따뜻하고 기뻐서. 이런 나날이 오리라고는 상상하지 못했었다. 사랑하는 사람들이 주변에 있는 것이 이토록 즐거울 줄은 생각도 못 했다. 즐겁고 기쁜 생활이 어떻게 바뀔지 조금 불안했다.

"뭔가, 바뀌어?"

"안 바뀔걸."

"그래?"

"그보다 뭔가 바뀌더라도 걱정 안 해도 돼! 레룬다가 곤경에 처하면 도와줄 테니까."

"응, 고마워."

불안하긴 하지만 가이아스의 말을 듣고 기뻤다. 그 말만 들어도 끝없는 안심감이 싹텄다.

뭔가 변화가 있어도 사랑하는 사람들이 있다면 괜찮지 않을까 하고 긍정적인 기분이 들었다.

따뜻했다. 따뜻한 기분이 가슴을 채웠다.

"고양이, 사람들, 무슨 일일까?"

"글쎄. 나쁜 일은 아니면 좋겠는데."

"슬픈 일, 싫어."

"맞아. 슬픈 일이 일어나는 건 싫어. 웃으며 사는 게 좋지."

"응."

슬픈 일은 싫다고 나도 가이아스와 똑같이 생각한다. 슬픈 것보다 즐거운 것이 단연코 좋다. 슬픈 얼굴보다 웃는 얼굴을 보고 싶다.

"슬픈, 일이면……."

나는 생각을 그대로 소리 내어 말했다.

"웃게, 하고 싶어."

"슬픈 표정을 짓고 있으면 웃게 만들고 싶다는 말이지? 그렇지, 그게 좋아. 낯빛이 어두웠으니까, 웃으면 좋겠다."

"응."

걱정은 되지만, 찾아온 고양이 수인들이 웃으면 좋겠다고 생각했다.

"아토스 씨가 불러."

가이아스와 이야기하고 있으니 아토스 씨가 우리를 불렀다.

고양이 수인들과 이야기는 끝난 걸까.

무슨 용건이었던 걸까.

그런 생각을 하는 내 손을 가이아스가 잡고 이끌었다. 가이아스는 내 손을 자주 잡는다. 손을 잡고 이끌어 주는 것을 나는 꽤 좋아한다.

아토스 씨에게 가는데 목소리가 들렸다.

"왜 여기에 인간이 있는 거야!"

나한테 한 말인 줄 알고 조금 놀랐지만 아닌 듯했다.

목소리가 들린 쪽을 가이아스와 함께 들여다보니 란 씨가 고양이 수인들과 대치하고 있었다.

고양이 수인들은 여기까지 오는 동안 고생한 듯했다. 옷이 찢어지고 진흙이 덕지덕지 묻어 있었다.

"그렇게 고함칠 일인가요? 저는 확실히 인간이지만 당신들에게 폐를 끼치진 않았습니다."

"하! 그렇게 말해도 인간이잖아."

"만약 제가 수인을 싸잡아서 말한다면 어떨 것 같으세요? 저는 수인이 그렇지 않음을 알지만, 제 고향에서는 수인은 야만스럽고 이성이 조금도 없는 짐승이라고 말하는 자도 있었습니다."

"뭐?!"

"그렇게 단정하는 건 당신도 싫겠죠? 그와 똑같이 저도 싫습니다. 확실히 인간 중에는…… 당신들에게 몹쓸 짓을 하는 자가 많지만, 적어도 저는 수인들을 그렇게 단정 짓지는 않아요."

란 씨, 당당해서 멋있어. 수인들은 인간보다 신체 능력이 높고, 란 씨는 싸울 힘이 없다. 그런데도 당당하게 정면으로 의견을 말했다. 란 씨는 그런 부분이 대단했다.

"당신들이 인간에게 악감정을 가지는 것도 당연해요. 이야기를 듣는 저도 같은 인간으로서 불쾌하니까요. 하지만 저는 그런 인간이 아니에요. 제가 그런 인간이라면 애초에 늑대 수인 마을에서 같이 생활하는 걸 허락받지 못했겠죠."

고양이 수인들이 인간에게 악감정을 가지는 것은 당연하다고 란 씨가 말했다.

인간이 무슨 짓을 저지른 걸까? 어쩌면 인간 때문에 이렇게 예상치 못한 시기에 늑대 수인 마을에 오게 됐을지도 모른다. 그렇게 생각하니 불안해졌다.

란 씨와 고양이 수인들의 모습을 지켜보던 아토스 씨가 나를 알아차렸다.

그와 동시에 란 씨와 고양이 수인도 나를 알아차렸다.

"인간 아이?! 너희는 왜 인간을 한 명도 아닌 두 명이나 데리고 있는 거야?! 인간이 우리에게 무슨 짓을 했는지 몰라?!"

고양이 수인은 나를 보고 또 소리쳤다. 인간이 무슨 짓을 했는지 모르냐고.

나는 인간이 수인에게 무슨 짓을 했는지, 아니, 지금도 무슨 짓을 하고 있는지 진정한 의미에서 이해하지 못했다.

인간을 경계하던 수인들. 조금은 들었다. 인간인 나를 아토

스 씨와 가이아스는 받아들여 줬다.

그대로 인간과 수인의 불화를 깊게 생각하지 않았다. 나는 인간이고 모두는 수인이다. 그 사실이 있는 한, 언젠가 마주해야만 하는 문제인데도.

나는 이렇게 고양이 수인과 대면하고 처음으로—— 진정한 의미에서 내가 인간임을, 모두가 수인이라는 다른 종족임을 실감했다.

"모르지는 않아. 다만 모든 인간이 그런지는 알 수 없잖아. 그리고 레룬다와 란드노는 그런 인간이 아니야. 우리에게 두 사람은 이제 같은 마을에 사는 주민이 됐어. 그러니 너희가 우리 마을에서 지내고 싶다면 여기 사는 인간은 받아들여 줬으면 해."

아토스 씨가 그렇게 말했다.

고양이 수인들은 이 마을에 살고 싶은 모양이다. 아토스 씨가 나를 지켜 주는 것이 기뻤다.

"……그건."

"나…… 다들, 좋아해."

말문이 막힌 고양이 수인에게 나는 말했다.

"……나, 마을 사람들, 정말 좋아해."

진심으로 좋아하니까.

"고양이, 수인 씨."

나는 이쪽을 바라보는 그들을 지그시 마주 보았다.

"나, 고양이, 수인 씨, 좋아하고 싶어."

나는 인간이고 그들은 수인이다. 하지만 나는 그들을 좋아하고 싶다. 내가 인간이라서 싫을지도 모르지만, 나를 좋아해 준다면 기쁠 것 같으니까.

고양이 수인들은 놀란 얼굴로 나를 보았다. 그런 그들에게 나는 계속 말했다.

"나…… 레룬다. 잘, 부탁해."

자기소개하고서 가이아스와 손을 맞잡은 채 머리를 꾸벅 숙였다.

"그, 그래…… 잘 부탁한다."

"응."

당황한 모습이었지만 잘 지내자고 말해 줘서 기뻤다.

"인간이 왜 여기 있는지도 포함하여 자세한 이야기는 우리 집에서 하지. 레룬다, 지금부터 우리는 애들이 이해하기 어려운 이야기를 할 거야. 가이아스랑 같이 돌아가도 돼."

아토스 씨는 그렇게 말했다. 지금부터 어려운 이야기를 하려는 모양이다. 그러니까 나랑 가이아스는 안 들어도 된다고. 하지만 나는…….

"아토스, 씨…… 나, 알고 싶어."

알고 싶었다.

어려워도 알아야만 하는 이야기라고 생각했으니까.

내가 그렇게 말하자 아토스 씨는 잠시 생각하다가 결국 내게 이야기를 들려주기로 했다.

"레룬다와 란드노는 인간과 수인의 관계에 대해 어디까지 알지?"

아토스 씨의 집에 도착하여 긴장된 분위기가 감도는 가운데 질문받았다.

"나…… 잘, 몰라."

"저는 어느 정도는 알아요. 다만 인간 측의 인식만 파악하고 있기에 수인 측이 어떻게 생각하는지는 몰라요."

인간과 수인의 관계에 대해 잘 모르는 나와 달리 란 씨는 어느 정도 안다고 했다. 그에 비해 나는 인간 측이 어떻게 말하고 있는지도 잘 몰랐다. 울적해졌다.

아토스 씨가 란 씨의 말을 듣고 입을 열었다.

"……인간 측에는 어떻게 얘기가 전해지고 있지?"

"음. 옛날에는 공존하며 지냈지만, 어느 날 수인들이 짐승의 본성을 드러내며 야만스러운 행위를 반복하기 시작해서 인간은 수인들을 관리하기로 했다는 게 이쪽에 전해져 내려오는 역사죠."

"무슨 그런……!"

란 씨의 말을 듣고 고양이 수인 한 명이 외쳤다. 수인들은 무척 상냥한데 어떻게 그런 심한 소리를 할 수 있는 걸까.

"저를 포함해 그 주장이 이상하다는 걸 아는 자도 많아요. 여기서 이렇게 수인들과 교류해 보고 다시금 '수인은 야만스럽고 이성이 없는 짐승이다, 그러니 인간보다 못한 존재다'라는 일부의 주장이 인간 측의 입맛대로 만든 것임을 알게 됐어요.

다만 그 사고방식이 옳다고 맹신하는 자도 있어요. 또한 그 사고방식이 옳지 않음을 알아도 이익을 위해 인간 외의 종족을 노예로 삼는 인간도 그런대로 있죠."

란 씨는 담담히 이야기했다.

이야기를 들으며, 어째서 그렇게 상하 관계를 나누는 걸까 싶어서 슬퍼졌다. 나는 인간인 란 씨도, 수인들도, 가족인 그리폰과 시포도 사랑한다. 종족이 다르다고 그런 식으로 대하는 것을 나는 이해할 수 없었다.

인간과 수인들은 조금 다를지도 모른다. 하지만 이야기해 보면 분명하게 서로를 이해할 수 있고 서로를 좋아할 수 있는데.

각기 다르더라도 확실하게 말이 통하고 친해질 수 있는데. 그런데 어째서 다르다는 이유로 그런 사고방식을 갖게 되는 걸까.

종족이 다르더라도 우리는 이렇게 함께 웃을 수 있는데.

"……그렇지. 그게 인간 측에 전해 내려오는 주장이야. 그렇기에 우리 수인은 인간을 경계해. 인간 중에는 살갑게 굴며 친해져서 함정에 빠뜨리는 자도 있으니까."

"……그런 사람, 있어?"

"그래. 우리 할아버지도 그래서 붙잡힐 뻔했다는 이야기를 들었어. 쓰러져 있던 인간을 돕고 선의로 마을에 살게 해 줬는데 노예 상인과 연결되어 있었다더군."

어떻게 그런 몹쓸 짓을 할 수 있는 걸까. 친절하게 대해 준 사람을 팔아넘기다니. 왜 지독한 상황에 빠뜨리려고 하는지 나는 알 수 없었다. 친하다고 생각했던 사람에게 속아 노예로 팔리는 상상을 하자 몹시 슬퍼졌다.

나와 똑같은 인간이 수인에게 그런 짓을 했다는 것이.

"수인 측에는 정반대 이야기가 전해 내려오고 있어. 옛날, 아직 인간이 나라를 만들지 않고 우리 수인과 마찬가지로 작은 마을을 형성하고 있을 적에는 서로 공존했었다고. 하지만 나라를 세우고 힘을 손에 넣은 인간은 우리 수인을 붙잡아 노예로 삼기 시작했어. 이에 수인도 대항하긴 했지."

"……수인은, 나라, 없어?"

"만든 적은 있었지만 인간의 나라에 졌어. 그리고 다들 뿔뿔이 흩어져서 이렇게 마을 단위로 다시 조용히 살게 됐다는 이야기야."

수인의 나라는 존재했지만 망했다. 그리고 뿔뿔이 흩어져서 살고 있다.

인간과 수인의 관계.

고양이 수인들이 예정되지 않은 시기에 이 마을을 찾아온 이유와 관련이 있을 것이다.

인간이 수인에게 여태껏 무슨 짓을 했는지. 아토스 씨가 지금 내게 이야기해 준 것보다 더한 일들을 했으리라고 상상이 갔다.

어떻게 그런 일을 할 수 있는 걸까. 그렇게 생각하니 가슴이 아팠다.

"우리가 마을을 만들어 조용히 지내도 인간은 장소를 알게 되면 행동에 나서지……."

아토스 씨는 그렇게 말하고서 고양이 수인에게 시선을 보냈다.

시선을 받은 고양이 수인이 고개를 끄덕이고 입을 열었다.

"……인간이, 우리 마을을 습격했어."

"습격?"

내 머릿속은 새하얘졌다.

무심코 그렇게 말해 버렸다. 나는 습격을 받아 본 적이 없다. 하지만 누군가에게 습격받는 것이 무서운 일이라는 것은 상상할 수 있었다.

고양이 수인들은 그런 무서운 일을 당했다. 나와 똑같은 인간이 그런 일을 했다. 그것이 충격적이었다.

"그래. 인간이 우리 마을을 습격했어. 나와 여기 있는 자들은 어떻게든 도망칠 수 있었지만 아마 여러 수인이 이미 붙잡혔을 거야. 마을에는 이제, 돌아갈 수 없어. 그래서…… 이곳에 왔어."

그가 이야기하는 동안 다른 고양이 수인들은 아래를 보고 있었다.

인간에게 습격받고 도망쳤다. 하지만 붙잡힌 사람도 있다. 그리고 돌아갈 수 없다……. 나는 고향에 돌아가고 싶다는 감정이 없다. 하지만 사랑하는 이 수인 마을에 돌아올 수 없게 된다면 슬플 것이다. 생각만 해도 괴로워졌다.

나는 머뭇머뭇 입을 열었다.

"……붙잡힌 사람…… 어떻게, 돼?"

여기까지 도망친 고양이 수인은 그나마 괜찮더라도, 붙잡힌 사람들은 어떻게 되는 걸까. 붙잡힌 사람들을 어떻게 도와줄 수는 없는 걸까.

"노예가 돼. ……노예가 돼서 혹사당하겠지."

"도와, 주려는……."

"갈 수 있다면 가고 싶어!! 하지만 인간의 나라를 상대로 그건 불가능해!! 네가 말하지 않아도 당연히 도와주고 싶지, 왜 아니겠어?! 하지만 도와줄 수 없다고!!"

고함쳐서 몸을 움찔했다.

돕고 싶다. 하지만 도울 수 없다. 그건 몹시 슬픈 일이다. 도와주고 싶은 사람을 도울 수 없다. 곤욕을 치르고 있는 사람을 어떻게도 해 줄 수 없다.

만약 가이아스를 비롯한 늑대 수인들이 그런 상황에 처했다면, 그렇게 생각하자 무서워졌다.

"……소리 질러서 미안해. 아직 어리니 잘 몰랐을 텐데."

윽박질렀던 고양이 수인은 그렇게 말하고서 미안한 표정을 지었다.

"괜찮, 아. 나도 물어봐서…… 미안해."

수인들이 인간을 경계하는 것은 당연한 일이라고 나는 실감했다.

"같은, 인간이…… 미안, 해."

"……네가 그런 건 아니잖아. 사과하지 마."

퉁명스럽게 그렇게 말했다. 고함친 것을 사과하고 이렇게 말해 주는 이 고양이 수인은 상냥한 사람이다.

"니르시, 어느 나라에서 습격한 거지……?"

"아마 미가 왕국일 거야. 갑옷 같은 데 그쪽 느낌이 드는 문장이 있었으니까……."

"왜 그런 짓을……."

"……어떤 나라가 신녀라는 존재를 찾았다나 봐."

아토스 씨가 고양이 수인—— 니르시 씨와 대화를 시작했다.

나는 그 말을 듣고 저도 모르게 숨을 헉 삼켰다.

"습격한 무리의 언동으로 추측한 거지만, 신녀를 찾았다는 그 나라에 대항하기 위해 노예를 늘리려는 것 같아."

신녀를 찾은 나라.

그 나라에 대항하기 위해 수인들을 노예로 삼으려고 했다.

그 말이 머릿속에서 자꾸만 광광 울렸다.

"신녀……. 신에게 사랑받는 자 말인가."

"그래. 그게 나타났다나 봐. 미가 왕국이 노예를 늘리려고 한다는 소문은 들었지만…… 신녀라는 게 나타났을 줄은 몰랐어. 하지만 확실히…… 같은 인간까지 노예로 삼으며 수를 늘리는 중이라고 하니까 뭔가가 일어나고 있기는 할 거야. 설마 우리 마을이 이런 일을 당할 줄은 몰랐지만."

니르시라고 불린 고양이 수인이 하는 말.

나는 그 의미를 이해하려고 계속 생각했다.

신녀가 나타났고, 한 나라가 신녀를 손에 넣었다. 그리고 다른 나라가 그 나라에 대항하기 위해 노예를 늘리고 있다.

같은 인간도 노예로 삼으면서……. 니르시 씨네 마을에 살던 수인들도 적잖이 노예가 됐고 그들을 도와줄 수는 없다.

머릿속이 복잡해졌다.

계기는 신녀.

신녀는 나일지도 모른다. 그렇게 란 씨가 말했다.

내가, 있어서? 내가 있어서 이런 슬픈 일이 일어난 걸까. 내가, 없었으면, 슬픈 일은, 안 일어났을까? 충격으로 머리가 돌아가지 않았다.

내 탓일지도 모른다.

그렇게 생각하자 마음이 아팠다.

"레룬다, 왜 그래?"

"……아무것도, 아니야."

가이아스는 내가 신녀일지도 모른다는 사실을 알면 나를 싫어하게 될까.

"그런가……. 신녀가 나타났다면 앞으로 어떻게 될는지."

"신녀를 손에 넣은 나라가 어떤 행동에 나설지도 알 수 없으니 말이지."

부모님이 만약 나를 버리지 않고 딸로 인정했다면 같이 신전에 갔을까? 그러면 모두와 만나는 일 없이 인간과 수인의 불화라든가 그런 걸 모른 채 살아갔을까?

버려지고, 사랑하는 사람들과 만나고, 사랑하는 사람들의 사정을 알고. 지금 내가 신녀일지도 모르니까, 내 탓일지도 몰라서…… 괴롭다. 괴롭지만, 부모님에게 버려지고 모두와 만나게 돼서 다행이라고 진심으로 생각했다.

"……어려운 문제야. 앞으로 어떻게 해야 할지 생각해야겠어."

"그래."

"니르시, 레룬다와 란드노를 받아들여 준다면 나는 너희도, 앞으로 도망쳐 올 자들도 기꺼이 받아들일 거야. 그 후의 얘기는 내일 다시 하지. 너희도 피곤할 테니 오늘은 푹 쉬도록 해."

아토스 씨는 그렇게 말하며 고양이 수인들에게 휴식을 권했다. 니르시 씨 일행은 이대로 아토스 씨의 집에서 자기로 한 듯했다.

"어려운 얘기를 듣느라 힘들었지?"

아토스 씨는 그렇게 말하고 내게 이만 돌아가라고 했다.

나는 줄곧 묵묵히 이야기를 들은 란 씨와 함께 아토스 씨의 집을 뒤로했다.

돌아가는 길, 나는 란 씨의 손을 꼭 잡고 말았다. 란 씨는 그런 내 손을 맞잡아 줬다. 그래서 조금 안심했다.

"란, 씨."

집에 도착하여 나는 입을 열었다.

마주 앉은 란 씨는 내 말을 기다리고 있었다.

내 머릿속은 아까부터 뒤엉켜 있어서 어쩌면 좋을지 알 수 없어졌다. 나 때문에 지금 이런 상황이 벌어진 걸까, 그런 생각이 들어서 견딜 수가 없었다.

"나…… 신녀일지도, 몰라."

아닐 거라고 생각하지만, 그럴 가능성이 있는 것은 사실이다.

나는 솔직히 어느 쪽이든 상관없다고 여겼었다. 신녀든 아니든 나는 나라고 생각했으니까. 지금 행복하니까 어느 쪽이든 상관없었다.

하지만 신녀가 나타나서 생활이 바뀌고 있었다. 다름 아닌 신녀가 태어나서. 신녀는 내게 특별한 존재가 아니지만 주위 사람들에게는 특별한 존재다.

"……네. 신녀일지도 모른다, 를 넘어서 저는 레룬다가 신녀라고 생각하지만요."

"신녀가…… 나타나서, 큰일."

신녀가 특별하니까…… 신녀를 손에 넣은 나라는 강해진다. 그리고 신녀를 손에 넣지 못한 나라는 신녀가 있는 나라에 대항하려고 한다.

신녀의 존재 때문에 여러 가지 영향이 나타나고 있었다.

"……신녀가, 안 나타났으면, 고양이 수인, ……슬픈 일, 없었어?"

신녀가 나타나지 않았다면. 생각해 봤자 소용없는 그런 가정이 머릿속을 스쳤다. 신녀가 없었다면 니르시 씨의 마을이 습격받는 일은 없지 않았을까. 지금도…… 평온하고 온화한 나날을 보내고 있지 않았을까.

"……신녀가, 안 나타났으면, 큰일, 안 벌어졌어?"

신녀가 나타나서 앞으로 어떻게 될지 모른다. 신녀를 손에 넣은 나라가 어떻게 행동할지 모른다. 그렇게 말하며 아토스 씨는 고민했다.

신녀가 없었다면 그렇게 고민할 일도 없었을까. 신녀가 없었다면── 사랑하는 사람들은 곤란한 표정을 짓지 않았을까.

"나…… 모두와, 만나서, 기뻐. 다들, 너무 좋아."

모두와 만나게 돼서 기뻤다. 모두를 사랑한다.

내 말을 란 씨는 가만히 듣고 있었다. 나는 계속 말했다.

"하지만…… 나, 인간."

나는 인간. 수인인 모두와는 종족이 다르다.

그리고 인간은 수인에게 몹쓸 짓을 한다. 몹쓸 짓을 하는 인간인 내게 다들 상냥하게 대해 준다.

"……그리고, 신녀, 일지도."

인간일 뿐만 아니라 신녀일지도 모른다. 모두를, 사랑하는 모두를…… 곤란하게 만드는 원인일지도 모른다.

"나, 행복해. 하지만…… 내가 있어서…… 다들, 큰일?"

나는 행복하다. 그리폰들도 있고, 시포도 있고, 가이아스와 아토스 씨와 다른 모두가 있어서.

사랑하는 사람들이 주위에 있으면 따뜻한 기분이 들고 행복하다는 것을 배웠다. 지금껏 느낀 적 없었던 행복한 시간을 모두가 내게 줬다.

잔뜩, 잔뜩 받았다.

하지만 나는 모두에게 고생만 안기고 있지 않나. 내가 있어서── 큰일이 벌어지고 있는 게 아닐까.

다들 웃었으면 좋겠다. 정말 좋아하니까. 따뜻한 마음을 느끼게 해 줬으니까. 모두가 웃는다면 그걸로⋯⋯ 좋은데.

"레룬다."

시선을 내린 내게 란 씨가 손을 뻗었다. 내 손을 꽉 잡아 줬다.

얼굴을 드니 란 씨는 다정하게 웃고 있었다.

"신녀가 나타나서 확실히 여러 가지 일이 일어나고 있기는 해요."

"⋯⋯응."

"하지만 지금 수인들에게 닥친 불행은 언제든지 일어날 수 있는 일이었어요."

란 씨는 그렇게 운을 떼며 말했다.

"일부 인간은 수인을 똑같은 '사람'으로 안 봐요. 그 일부 중에는 국가의 중심부에 자리한 존재도 있어요. 이번에는 마침 페어리트로프 왕국이 신녀를 손에 넣어서 일이 벌어졌지만, 다른 계기로도 얼마든지 일어날 수 있는 일이었어요. 페어리트로프 왕국과 미가 왕국은 원래부터 사이가 좋지 않아요. 그러니 신녀가 나타났든 안 나타났든, 언젠가 미가 왕국은 노예를 원했을 거예요."

신녀가 나타났든 안 나타났든 일어났을 일. 그렇게 란 씨는 설명했다. 마침 신녀가 나타난 것이 계기가 되었을 뿐이라고.

"그러니 레룬다."

란 씨는 내 눈을 똑바로 보았다.

"자기가 있어서 다들 고생하는 걸지도 모른다고 자신을 책망할 필요 없어요. 레룬다가 설령 진짜 신녀더라도 잘못은 국

가에 있어요. 수인을 노예로 삼으려 하는 자들한테요. 레룬다
는 자신을 책망하지 않아도 돼요."

"……하지만."

"어허, 레룬다 탓이 아니라니까요. 제가 단언해요. 그러니
까── 그렇게 불안한 표정 짓지 않아도 돼요."

그렇게 말하고 란 씨는 나를 자상하게 끌어안았다.

란 씨에게 꼭 안기자 조금 눈물이 났다.

"정말……?"

"네. 정말로 레룬다 탓이 아니에요."

"……나, 여기 있어도, 돼?"

"네. 있어도 돼요. 수인들은 레룬다를 예뻐하니까 오히려 다
들 레룬다가 있기를 바랄 거예요."

"……내가, 신녀, 여도?"

"네. 분명 그럴 거예요."

꼭 끌어안고 등을 토닥토닥 두드려 줘서. 안도했다.

"그렇게, 말해 줘서, 고마워."

몸을 떼고 그렇게 말하자 란 씨는 웃었다.

그리고서 내게 물었다.

"레룬다, 묻고 싶은데요."

"응, 뭔데?"

"레룬다는…… 만약 본인이 정말로 신녀라면 어떤 선택을
할 건가요?"

"선택……?"

나는 란 씨의 말에 무심코 되물었다. 어떤 선택을 할 거냐고 물어봐도 이해가 잘 안 되었다.

"레룬다, 듣기 힘들지도 모르지만 앞으로 일어날 수도 있는 이야기를 할게요. 레룬다가 신녀라면 반드시 직면할 문제예요."

란 씨는 진지한 눈으로 그렇게 말했다.

앞으로 일어날 수도 있는 문제. 내가 신녀라면 일어나 버릴 문제. 듣기 무섭지만, 내가 받아들여야만 하는 문제.

나는 란 씨의 말에 고개를 끄덕였다.

"신녀는 특별한 존재예요. 신에게 사랑받는 아이로 특별한 힘을 가졌다고 해요. 실제로 다른 이들에게 없는 힘을 가지고 있겠죠. 그 힘은 좋은 영향도, 나쁜 영향도 끼쳐요."

신녀는 그만큼 영향력이 큰 존재라고 란 씨는 다시금 말했다.

"신녀를 손아귀에 쥐고 있으면 그것만으로도 나라는 풍족해진다. 그렇게 인식하는 자가 많아요. 실제로 레룬다의 쌍둥이 언니를 신전에서 거둔 것은 신녀라는 존재를 국가 차원에서 보호하고 싶었기 때문이에요. 신녀가 신성해서 보호한 면도 있지만, 가장 큰 이유는 신녀를 손에 넣기 위해서라고 할 수 있겠죠. 오로지 선의로, 상냥한 감정만으로 신녀를 보호하는 것은 아니에요."

"……응."

나는 란 씨가 말하는 이야기에 귀를 기울이고 고개를 끄덕였다.

"신녀를 손에 넣은 나라는 그만큼 다른 나라에 위협적인 존재가 돼요. 역사를 살펴보면 신녀를 보호하고 멋대로 행동했다가 결과적으로 신녀의 원한을 사서 파멸한 나라도 있어요. 신녀에게 미움받으면 그것만으로도 파멸에 몰릴 가능성이 있는 거죠. 하지만 신녀에게 미움받지 않게 조심하면서 신녀를 조종하는 것도 불가능하진 않아요. 신녀에게 행복한 세계를 만들어 버리면 되니까요."

"신녀에게…… 행복한 세계?"

"네. 신녀에게 친절한 세계를 만들고 신녀 앞에서만 행복한 세계를 꾸미는 거예요. 그러면 신녀를 마음대로 다루지 못할 것도 없죠."

나라면 어떨까 생각해 봤다. 나는 친절하게 대해 주면 그걸 믿어 버릴지도 모른다. 친절하게 대해 주고 행복한 공간을 주면, 그게 거짓이더라도. 그 친절한 세계를 믿은 채 그대로 이용당하다가 죽어 버릴 가능성도 있다.

"그러니까…… 레룬다는 자신이 있고 싶은 곳에 있어야 해요."

"무슨, 뜻?"

"세상에는 말이죠, 신녀를 곁에 두기 위해 교섭해 오는 존재도 있어요. 예를 들어 수인들이 큰일을 당한다면 레룬다는 도와주려고 하겠죠?"

너무나 당연한 질문이었다. 모두를 사랑하니까, 큰일을 당하면 도와줄 것이다.

"그때, 누군가가 수인들을 도와주겠다면서 대신 자신을 따라오라고 하면 어쩔 건가요? 레룬다가 따라오면 수인들을 도와주겠다고, 행복하게 살 수 있게 해 주겠다고 하면요."

"……그, 건."

수인들을 도와주겠다, 행복하게 만들어 주겠다, 그렇게 말한다면 어떻게 할까. 그 대신 나는 그쪽으로 가기만 하면 된다. 그렇다면…… 그러는 것도 좋지 않을까.

"모두가, 웃을 수 있다면——."

"알겠다며 레룬다가 따라가더라도 정말로 수인들이 도움을 받을지, 행복해질지는 알 수 없어요."

"어?"

"도와주겠다고 했어도 상대가 정말로 그 말을 지킬지 알 수 없다는 말이에요. 수인들이 행복하게 지낸다고 꾸미고서 사실은 정반대로—— 수인들을 해칠 가능성도 있죠."

란 씨는 상대가 도와주겠다는 말을 지킬지는 알 수 없다고 말했다. 다들 행복하게 지내고 있는 것처럼 나를 속이고 전혀 다른 일을 할 가능성도 있다고.

"그리고 수인들은…… 레룬다가 자신들의 안전을 위해 제 한 몸 바치는 것을 기뻐하지 않을 거예요. 자신들을 위해 소중한 사람이 희생되길 바라는 사람은 없어요. 다들 당신을 얼마나 소중히 여기고 있는지 레룬다는 자각해야 해요."

란 씨는 똑바로 나를 보며 말했다. 좀 더 자각하는 편이 좋다고.

"다들 레룬다를 소중히 여기고 있어요. 레룬다는 분명하게 사랑받고 있어요. 소중한 존재가 큰일을 겪는 건 누구에게나 슬픈 일이에요. 레룬다가 수인들을 생각하는 것처럼요. 다들 레룬다가 같이 있고 싶은 사람과 함께 지내며 행복하게 웃으면서 살기를 바라고 있어요."

가이아스가 했던 말을 란 씨도 말했다.

"레룬다는 수인들이 소중하고 그들도 당신이 소중해요. 그러니까 함께 있고 싶다면 함께 있으면 돼요. 다 함께 행복해지는 게 제일이에요. 한쪽만 행복해서는 안 돼요. 한쪽의 행복을 위해 다른 한쪽이 불행해진다면 누구도 행복해지지 못해요."

"……응."

"레룬다가 정말로 신녀라면 다양한 선택의 기로에 서게 되겠죠. 그때 본인이 어쩌고 싶은지, 무엇을 선택할지. 인간들의 세계에서 살지, 이대로 수인들과 살지, 그런 선택을 해야 할 거예요."

"……응."

만약 정말로 내가 신녀라면 선택해야 한다. 어쩌고 싶은지 택해야만 하는 때가 온다. 그리고 신녀이기에 그 선택은 다양한 영향을 끼친다.

"레룬다의 선택이 큰 영향을 끼칠지도 몰라요. 여러 가지 일로 연결될지도 모르죠. 그걸 생각해야만 해요. 하지만 레룬다가 원하는 선택을 하면 돼요."

"……어려, 워."

"네. 어려운 문제예요. 그러니까 고민될 때는 누구든 좋으니까 상담하고 제대로 생각해서 정해야 해요."

"……응."

나는 고개를 끄덕였다. 어렵지만, 란 씨의 말뜻을 제대로 생각해 봐야 할 것 같았다.

"란 씨. 나, 신녀일지도 모른다고…… 말하는 편이, 좋아?"

고민하고 생각한 것을 란 씨에게 물었다.

나는 신녀일지도 모른다. 진짜 그런지는 알 수 없지만, 신녀일 가능성이 있다면 모두에게 말하는 편이 좋을까.

"그건…… 어려운 문제네요. 제가 생각하기에 아토스 씨한테는 이야기하는 편이 좋을 것 같아요."

"……응."

"다만 정말로 신녀인지 보여 줄 수도 없는 노릇이니 난감하네요. 타이밍을 봐서 생각하기로 해요."

"……응."

"졸려 보이네요. 오늘은 이만 자고 내일 또 생각하죠."

"……응."

나는 고개를 끄덕인 후 그대로 침대로 향했고, 오래 이야기하느라 지쳐서 잠들어 버렸다.

◆

나는 고양이 수인들과 친해지고 싶었다. 그래서 고양이 수인들에게 열심히 말을 걸기로 했다. 많이 말을 걸어서 친해지면 좋겠다고 생각했다.

니르시 씨를 포함하여 고양이 수인들은 나를 경계했다.

당연한 일이었다. 하지만 나는 가능하다면 사이좋게 지내고 싶었다. 그래서 나무 열매 등을 따러 같이 갔다.

나와 니르시 씨와 동구 씨, 다른 몇 사람이 함께하는 채집 작업.

"아, 찾았다."

나는 바구니에 먹을 것을 잔뜩 넣었다. 니르시 씨와 동구 씨는 마물이 나타나지 않는지 주변을 경계하고 있지만 나올 기미는 없었다.

"레룬다는…… 늘 아무 말 없이 먹을 수 있는 것만 찾는구나."

나는 항상 운 좋게 먹을 수 있는 것을 찾았다.

독을 먹을 일이 없었다는 말이기도 했다. 어쩌다 보니 그랬다. 별생각 없이 찾아서 채집하고, 그게 전부 먹을 수 있는 것들이었을 뿐이다.

하지만 그것도 평범한 일은 아니었다. 내가 신녀라는 증거일지도 모른다. 즉, 고양이 수인들이 마을에서 쫓겨나게 된 원인인 신녀일지도 모른다는 말이었다.

나는 그 사실이 마음 아팠다. 하지만 자신을 책망해 봤자 소용없다는 것도 알고 있었다.

그래서 고민은 하지만 되도록 깊이 생각하지 않으려고 했다.

"흥……!"

니르시 씨는 나를 탐탁지 않게 여겼다.

내가 어리기도 해서 고양이 수인들은 내게 조금 양보하는 구석이 있었다. 내게 생각하는 바가 있어도 어린아이라는 이유로 이래저래 강하게 말하지 못하는 것 같았다.

나는 사실—— 진심을 부딪치고 받아들여 주기를 바랐다.

매서운 말을 듣지 않아서 다행일지도 모른다. 하지만 슬픈 기분이 들더라도 진심을 부딪쳐 줬으면 좋겠다. 그리고서 나를 받아들여 줬으면 좋겠다.

"아…… 니르시 씨, 그쪽으로 안 가는 게 좋아."

막연하게 감이 발동했다. 혼자서 조금 떨어진 곳으로 가려고 하는 니르시 씨를 보자 왠지 가지 않는 게 좋겠다는 생각이 들었다. 내 말을 듣고 니르시 씨가 의심스럽다는 표정을 지었다.

"왜 내가 네 지시를 들어야 하지?"

"……지시, 가 아니라, 안 가는 게 좋다고 생각했을 뿐."

지시를 들어 달라는 것은 아니었다. 그저 가지 않는 편이 좋다고 감이 발동했을 뿐이다. 때때로 이렇게 감이 발동할 때가 있었다.

니르시 씨는 의심스럽다는 표정을 짓긴 했지만 내가 계속 말하니 가지는 않았다. 그 덕분에 안도했다.

니르시 씨가 가려고 했던 방향에 마물이 있었다고 나중에 그리폰들이 가르쳐 줬다.

니르시 씨는 그 이야기를 듣고 나를 더욱 의심스럽게 보았다.

고양이 수인들은 나와 란 씨를 좀처럼 받아들여 주지 않았다. 내가 아무리 말을 걸어도 무시하는 사람이 많았다.

하지만 니르시 씨는 나를 무시하지는 않았다. 그저 나를 빤히 관찰할 때가 많았다. 시선을 느끼면 조금 주눅이 들지만, 관찰해서 나를 믿어 줬으면 좋겠다.

"……니르시 씨 일행, 레룬다한테 차갑게 구네."

"어쩔 수 없어. 나…… 인간이니까."

나는 인간. 모두는 수인. 그리고 니르시 씨를 비롯한 고양이 수인들은 인간에게 몹쓸 짓을 당했다. 그렇기에 더더욱 나와 란 씨 같은 인간을 좋지 않게 여기는 것은 당연했다.

"있지, 가이아스…… 고양이 수인들, 친해지려면 나, 뭘 해야 할까?"

"글쎄…… 더 많이 도와준다든가? 나도 거들게."

"고마, 워."

가이아스가 그렇게 말해 준 것이 기뻤다. 가이아스가 함께 도와준다고 생각하니 용기가 났다.

친해지고 싶다는 마음만 가지고서 행동했지만 좀처럼 결과가 나오지 않았다. 그래서 안달이 나기도 했지만, 조금씩이라도 좋으니까 니르시 씨를 포함한 고양이 수인들과 친해지고 싶었다.

"니르시 씨, 뭔가, 도와줄 일, 있어요?"

"또 너냐……. 게다가 가이아스까지 데려와선……."

빤히 이쪽을 바라보던 니르시 씨에게 다가가 말을 걸자 니르시 씨는 어이없어하며 말했다.

"네가 도와줄 일 따위 없어."

니르시 씨는 그렇게 말하고서 휘이 휘이 내쫓듯 손을 내저었다. 다가가고 싶은데 좀처럼 접근을 허락해 주지 않았다.

"니르시 씨, 뭐든 좋으니까 시켜 줘. 나도 도울게."

"가이아스마저……. 그렇게까지 말한다면…… 밭을 가는 거라도 도와줄래?"

"응!"

"알겠어!"

니르시 씨는 우리의 부탁을 듣고 밭갈이 일을 맡겼다.

나는 신체 강화 마법을 써서 니르시 씨랑 가이아스와 함께 일을 소화했다.

밭일하는 것도 즐거웠다. 신체 강화 마법을 쓰면 이런 일은 편하게 해낼 수 있었다.

내가 어린데도 신체 강화 마법을 쓰자 니르시 씨가 놀랐다. 니르시 씨는 신체 강화 마법을 쓰지 못하는 모양이라 조금 부럽다는 듯 나를 바라보았다.

"일 잘하네……. 고맙다."

하지만 마지막에는 퉁명스럽게 그리 말했다. 그것만으로도 정말로 기뻤다. 조금이라도 이렇게 거듭해서 나를 좋아해 주면 좋겠다. 나를 받아들여 줬으면 좋겠다.

나고 자란 마을에서는 생각해 본 적도 없는 소망이 이렇게 싹트는 것은 이곳 생활이 정말로 즐겁기 때문이다.

그 후로도 고양이 수인들에게 더 열심히 말을 걸었다.

몇 번씩 계속 말을 걸고 일을 거들며 함께 보냈다.

그러자 조금씩이지만 나를 받아들이게 된 것 같았다.

막간 고양이 수인, 생각하다

인간들이 마을을 습격해서 우리 고양이 수인은 원래 교류가 있었던 늑대 수인의 마을로 피난했다. 목숨을 잃은 자, 붙잡힌 자, 많은 희생이 있었다. 그런 가운데 우리는 어떻게든 여기까지 도망칠 수 있었다.

지금 당장에라도 모두를 구하러 가고 싶다는 마음은 당연히 있었다. 힘이 있다면 그랬을 것이다.

하지만 강대한 인간의 나라를 상대로 그것은 불가능했다. 도우러 갔다가 우리까지 붙잡히면 말짱 도루묵이다.

도망칠 때 그들은 말했다. 부디 잘 도망치라고. 자기네는 신경 쓰지 말라고.

그들의 말을 나는 분명하게 기억한다. 그렇기에 우리가 도망칠 수 있도록 붙잡힌 그들의 노력을 헛되이 만들 수는 없었다.

그렇게 늑대 수인의 마을에 도착한 우리는 일단 한숨 돌릴 수 있었지만 그곳에는 인간이 두 명 있었다.

그랬다. 인간이 있었다.

나고 자란 마을에서 겨우겨우 도망치도록 만든 원인인 인간이 둘이나 있었다.

여자와 어린애.

그 두 사람은 놀랍게도 늑대 수인 마을의 일원으로 인정받고 있었다. 적이 아니라 동료로서.

그 사실에 마음이 복잡했다. 우리가 마을에서 쫓겨나게 된 원인인 인간이 눈앞에 있는데 화가 나지 않을 리 없었다.

하지만 두 사람을 접해 나가면서, 눈앞에 있는 인간은 똑같은 인간이어도 우리 마을을 습격한 인간과는 다르다고 이해하게 되었다.

여자—— 란이 맨 처음 말했듯, 수인 중에도 이런저런 사람이 있는 것처럼 인간 중에도 이런저런 사람이 있는 것이다.

그것을 이해했다.

그리고 어린애—— 레룬다는 우리와 친해지고 싶다며 순진무구한 모습으로 열심히 말을 걸어왔다.

"니르시 씨."

내 이름을 부르며 친해지려고 하는 레룬다의 모습에 경계심은 점차 풀렸다.

레룬다에게는 우리를 해할 마음이 전혀 없다. 그저 우리와 사이좋게 지내고 싶다는 올곧은 마음이 있을 뿐이었다.

그리고 란도 그저 자신이 배우고 싶은 대로 행동하는 면이 있었다. 그런 성격 때문에 이 마을에서 두 사람을 받아들였을 것이다.

게다가 레룬다는 그리폰 님의 계약자이기도 했다.

총명한 그리폰 님께서 계약자로 고르고 예뻐하는 인간 소녀. 그렇기에 우리 고양이 수인은 레룬다와 란을 여차여차 받아들였다.

물론 아직 완전히 믿을 수는 없었다.

하지만 어느새 함께 사는 것을 타협할 수 있을 정도는 되어 있었다.

"레룬다."

내가 먼저 말을 걸면 레룬다는 기쁜 표정을 짓는다. 레룬다는 평범한 아이들보다 표정이 덜 움직인다. 하지만 미미한 표정 변화를 알 수 있었다.

고작 내가 먼저 말을 걸었다는 이유로 이토록 기쁜 표정을 짓는데 기분이 나쁠 리가 없었다.

"니르시, 씨."

"어디 가?"

"제시히 씨, 한테."

레룬다는 약사 여성인 제시히에게 약사 일을 배우고 있었다. 그 외에도 사냥해 온 마물을 해체하는 등 다양한 것을 배웠다. 레룬다는 아직 어린데도 자신이 어떻게 살아가고 싶은지 필사적으로 찾고 있었다.

그런 레룬다를 보며 경계심은 희미해졌다. 오히려 열심히 계속 애쓰는 모습이 걱정스럽기까지 했다.

알게 된 지 얼마 안 됐어도 레룬다가 자신보다 주위 사람들을 더 신경 쓴다는 것은 알 수 있었다. 저래 봬도 예전보다는 자신을 소중히 여기게 된 것이라고 하는데, 그래도 아직은 주위 사람들만 신경 썼다.

어떻게 자랐길래 어린 나이에 그런 성격이 된 걸까. 아토스에게 이야기를 조금 들었지만 눈앞의 인간 소녀에 관해 나는 자세히 모른다.

"그래?"

퉁명스럽게 말해도 레룬다는 기뻐했다.

레룬다의 행복은 남들보다 기준이 낮다. 작은 일로 남들보다 더 행복해한다. 감동한다.

그만큼 여태껏 작은 행복조차 없었다는 증거였다. 그렇게 생각하면 눈앞의 소녀에 대한 울화나 미움 같은 것은 사라졌다.

인간이 우리 마을을 습격했다. 살던 곳에서 쫓겨났다. 그건 고된 사건이다. 하지만 레룬다도 나와는 다른 고된 경험을 했다.

"왜 그렇게, 봐?"

나도 모르게 빤히 바라보자 레룬다는 의아한 표정을 지었다.

"아무것도 아니야."

나는 그렇게 말하고 레룬다의 머리를 가볍게 쓰다듬었다. 우리 수인과 달리 귀는 달려 있지 않았다. 머리를 쓰다듬고 레룬다가 인간임을 더더욱 실감했다. 실감하고 뭐라 말할 수 없는 기분이 들었다. 하지만 레룬다가 인간이더라도 나는 더 이상 이 녀석을 매정하게 대할 마음이 없었다.

"조제 공부, 힘내라."

내가 그렇게 말하자 레룬다는 웃었다.

8 소녀와 행복한 생일

"그러고 보니 레룬다, 곧 생일이죠?"

그렇게 말한 사람은 란 씨였다.

고양이 수인들이 오고 2주가 지났다.

결국 아토스 씨에게도 내가 신녀일지도 모른다는 사실을 아직 알리지 않았다.

언젠가 말해야겠지만 어떤 타이밍에 말해야 할지, 고양이 수인들 문제로 바쁜 아토스 씨에게 지금 말해야 할지 고민하다 보니 아직 말하지 못했다.

생일이라는 말을 듣고 나는 지금까지 겪었던 생일을 떠올렸다.

내가 살던 마을에서는 기본적으로 월별로 묶어서 축하하는 것이 관례였다.

하지만 언니는 특별했기에 언니의 생일—— 요컨대 내 생일에는 언니를 성대하게 축하했다.

언니만을 기념하고, 언니에게만 선물을 주며 축하한다고 말하는 날이었다.

나는 허드렛일을 맡아 혼자 우두커니 있었다. 언니에게 축하한다고 말하지도 않았다. 언니가 주역인 생일에 나는 언니에게 다가갈 수 없었다. 아니, 평소에도 부모님은 내가 언니에게 다가가는 것을 싫어해서 언니와는 항상 엮이지 않았다.

란 씨는 언니의 교육을 담당했었으니 생일을 파악하고 있는 거겠지.

"……응, 맞아."

"그럼 축하해야겠네요."

"축하……."

"왜 그러세요?"

"……생일, 언니, 축하하는 날. 나…… 지금까지, 축하, 못 받았으니까."

……지금까지 축하받은 적이 없는 내가 축하를 받을 수 있을까? 왠지 신기하고 실감이 나지 않았다.

그렇게 생각하고 있으니 란 씨가 나를 꼭 껴안았다.

"……축하, 할 거예요. 아토스 씨랑 가이아스, 그리고 새로 마을에 온 고양이 수인들까지 다 같이 축하해요."

"……다, 같이?"

"네. 그러니까 기대해 주세요."

"고양이 수인들…… 축하, 안 해 줄, 거야."

니르시 씨를 비롯한 고양이 수인들은 인간을 경계하고 있었다. 그들은 나와 란 씨의 존재를 받아들이고 이 마을의 주민이 됐다. 하지만 아직도 때때로 나를 엄중한 눈으로 보았다.

니르시 씨의 이야기를 들은 후, 아토스 씨는 그들과 앞으로 어떻게 해야 할지 이야기를 이어가고 있었다. 어떻게 해야 할지 아직 결론은 나지 않았다. 그래서 마을에는 조금 긴장된 분위기가 흐르고 있었다.

앞으로 어떻게 되는 걸까, 그런 불안을 모두가 느끼고 있음을 막연하게 알 수 있었다.

특히 마을을 습격받은 고양이 수인들은 늘 무서운 표정을 짓고 있었다. 그런 고양이 수인들이 나를 축하해 줄까?

"분명 축하해 줄 거예요. 아뇨, 축하해 달라고 하겠어요."

란 씨는 그렇게 말하고 내게 웃었다.

축하해 달라고 하겠다니……. 역시 생각만 해도 이상한 기분이 들었다.

란 씨와 헤어진 후, 나는 금색으로 반짝이는 레이마의 깃털에 몸을 기대고 하늘을 올려다보며 생각했다.

생일을 축하해 주겠다면서 란 씨는 웃었다.

나는 평생 축하한다는 말을 못 듣겠지. 고향에 있을 때는 그렇게 생각했었다. 즐거운 생일은 특별한 언니의 특권이라고 생각했었다. 그래서 축하해 주는 말만으로도 기뻤다. 그 말만으로도 나는 행복했다.

"그륵그르으으? (왜 그래?)"

"생각, 중."

고양이 수인들이 오고, 신녀 때문에 이렇게 된 것일지도 모른다며 고민하고, 란 씨에게 털어놓고. 란 씨와 실컷 이야기하여 조금 안심한 후로도 신녀와 그 영향에 관해 고민했다.

어떻게 하는 것이 옳은지 알 수 없는 문제가 지금 마을에서 일어나고 있었다.

그런 가운데 생일을 축하받아도 되는 걸까. 다 같이 축하하자고 란 씨가 말해 준 것은 기쁘지만 그런 생각도 들었다.

"그륵그륵그르르으으(축하받을 거잖아)."

"레이마, 들었어?"

"그륵그르으으(근처에 있었으니까)."

"축하, 받아도…… 되는 걸까."

"그륵그륵, 그륵그르륵그르륵(레룬다, 아무 생각 말고 축하받으면 돼)."

"생각 말고?"

"그륵, 그륵그르륵르르르(그래, 아무것도 신경 쓰지 말고 축하받으면 돼)."

레이마는 계속 말했다. 자상한 눈이 나를 보고 있었다.

"그르그르그륵그르르르륵르르(어린아이는 어렵게 생각 말고 어른에게 보호받으면 돼)."

"……그런, 걸까."

"그르그르그르그륵그르르르으르으으(축하해 준다고 하니까 그래도 돼)."

"……응."

레이마와 대화하다 보니 잠이 왔고, 어느새 나는 레이마에게 몸을 맡기고서 잠들어 버렸다.

하늘신의 달 1일.

그게 내 생일이다. 달의 이름은 신의 이름이었다.

이 세계에는 유명한 신의 이름에서 유래한 열두 달이 있다. 하늘의 달은 여섯 번째 달이었다.

그런 하늘신의 달 첫째 날.

란 씨에게 듣자 하니 작은 마을은 날짜 셈법이 애매한 곳이 많다고 한다. 하지만 내가 살던 마을은 날짜를 제대로 따졌다.

……언니의 생일을 축하하기 위해서였으리라.

그리고 우리 부모님은 날짜를 제대로 파악하고 있었다. 그래서 언니의 생일은 분명하게 챙겼다.

이 수인 마을에 오고 난 뒤로 나는 오늘이 몇 월 며칠인지 신경 쓰지 않았다. 하지만 란 씨는 왕도를 떠난 뒤로도 몇 월 며칠인지 제대로 파악하고 있었던 모양이다.

……눈을 떴을 때, 나는 달아오르는 기분을 억누르지 못했다.

란 씨가 다 같이 축하하자고 했다. 기쁘지만 불안했다. 축하받는 것은 처음이니까.

일어나서 세수하러 가려고 했더니 가이아스가 문을 열고 들어왔다.

"레룬다, 안녕!"

"안……녕."

"세수하러 가려고?"

"응."

가이아스와 함께 우물물을 길어 세수했다. 그리고 가이아스는 내 손을 이끌었다.

"레룬다, 가자!"

"어디, 로?"

집에서 나온 뒤로 모두의 기척이 느껴지지 않았다. 그리폰들과 시포의 모습도 보이지 않아서 이상했다. 나는 가이아스가 이끄는 대로 발을 놀렸다.

마을 중앙에 있는 광장에 모두가 있었다.

"생일 축하해!"

란 씨가 생글거리고 있었다. 다정하게 웃으며 다들 동시에 축하한다고 말하고서 깜짝 놀란 내게 다가왔다.

"레룬다, 생일 축하해요. 모두에게 말했더니 다들 축하하고 싶다고 하더라고요. 니르시 씨도 말이에요."

"……어린아이의 생일은 축하해 마땅한 날이니까. 난 그냥 여기 있을 뿐이고."

란 씨가 쳐다보자 니르시 씨는 고개를 휙 돌리고서 그렇게 대답했다. 이 마을로 피난 온 다른 고양이 수인 여섯 명이 그 뒤에서 "솔직하지 못하다니까." 하고 말했다.

생일날에 축하한다는 말을 처음 들었다. 축하할 거라고 란 씨가 말했었지만, 실제로 생일 축하한다는 말을 들으니 고작 한마디일 뿐인데도 엄청난 충격이었다.

언니가 늘 생일날에 들었던 말. 나와는 무관했던 생일 축하.

사랑하는 사람들에게 축하한다는 말을 들었을 뿐인데 이렇게나 기쁘다니 놀라웠다.

마음이 따뜻했다.

"레룬다, 나도! 축하해!!"

나와 손을 잡은 채 가이아스가 웃으며 말했다. 진심에서 우러나온 말임을 알 수 있어서 매우 따뜻했다.

"······고마, 워."

"앗, 레룬다. 왜 우는 거야?!"

가이아스가 깜짝 놀란 표정을 지었다. 딴청 피우던 니르시씨도 허둥지둥 나를 보았다.

"어, 어이, 울지 마라. 왜 우는데?!"

니르시 씨는 황급히 다가와 내 눈높이에 맞춰 쪼그려 앉았다.

"그냥, 기뻐서."

나를 축하해 줘서 마음이 따끈따끈했다.

축하한다는 말이 이토록 기쁜 말이라는 것을 나는 이날 처음으로 알았다.

"축하한다는 말을 들었을 뿐인데 기뻐서 울다니, 뭘 이런 거로 우냐······."

니르시 씨는 그렇게 말하며 내 머리를 토닥였다.

니르시 씨, 인간을 싫어할 텐데 상냥해. 그 상냥함이 기뻐서 또 눈물이 날 것 같았다. 모두의 상냥함에 나는 울보가 되어버렸다.

기뻐서, 따뜻해서 눈물이 났다. 눈물이 멎질 않았다.

"야?! 왜 더 펑펑 울어?!"

"니르시, 씨······ 다정, 해."

"뭐?!"

니르시 씨에게 다정하다고 말하자 니르시 씨는 깜짝 놀란 표정을 지었다. 당황하여 내 얼굴을 들여다보았다.

"축하, 해 줬어……."

"아니, 그러니까 나는……."

"토닥토닥, 좋아."

"어, 어어, 그러냐."

"축하, 받아서. 나…… 행복해."

진심 어린 말이었다. 정말로 행복했다.

축하받아서. 사랑하는 사람들이 축하한다고 말해 줘서. 그것만으로도 나는 참을 수 없이 기뻤다.

그런 나에게 눈앞에 있는 니르시 씨도, 눈물을 보고 어쩔 줄 모르는 가이아스도, 자상한 눈으로 지켜보는 란 씨도, 다른 모두도 말해 줬다.

"무슨 소릴 하는 거야……. 축하한다고 말했을 뿐인데 행복하다니, 축하는 이제 시작이라고……."

"레룬다, 우리가 다 같이 준비했어! 아직 안 끝났어."

"레룬다에게 최고의 생일을 선물하려고 기획했어요. 다들 협력해 줬으니 기대하세요."

니르시 씨, 가이아스, 란 씨가 말했다.

이제 시작? 그 말뜻을 이해하지 못하고 의아해하자 뒤에서 그리폰들의 목소리가 들렸다.

"그륵그륵그르르르~(레룬다의 생일~)."

"그르그륵(축하, 축하)."

"그륵그륵그그르으으으(노래 연습했으니까)."

"그르르륵르(들어 줘!)"

새끼 그리폰들이 그렇게 말하며 옆으로 늘어섰다. 나는 새
끼 그리폰들 앞에 있는 의자에 앉았다.

새끼 그리폰들은 내가 모르는 노래를 불렀다.

사랑스러운 울음소리로 노래하는 새끼 그리폰들. 란 씨가
"생일날에 부르는 노래예요. 제가 이 아이들에게 가르쳤어
요." 하고 말해 줬다.

"그륵그륵그르르르~(축하해~ 레룬다)."

"으르그르그르(태어나 줘서 고마워~)."

새끼 그리폰들이 생일을 축하하며 노래를 불러 줘서 기뻤다.

"히히힝~(레룬다, 축하해)."

시포는 그렇게 말하며 내게 상의를 선물했다. 시포나 그리
폰들을 타면 조금 추울 때가 있었다. 그걸 기억하고 있었는지
시포가 잡은 마물로 만든 상의를 줬다.

그 후로도 여성 수인들이 날 위해 춤추고 모두가 선물을 주
는 등──나는 줄곧 꿈인지 생시인지 알 수 없는 기분이었다.

축하한다고 말하며 기념해 주는 것만으로도 더할 나위 없이
행복했다. 하지만 그뿐만이 아니라 다들 여러 가지를 줬다.

식사도 호화로웠는데 그중에는 가이아스가 아토스 씨와 함
께 사냥하러 가서 잡은 것도 있었다.

"내가 아빠랑 같이 잡았어!"

자랑스레 말하며 움직이는 귀와 꼬리를 보니 살짝 만지고 싶

었지만 참았다.

"나랑 시노미가 주는 선물은 이거! 둘이서 만든 화관이야."

"레룬다, 축하해."

카유와 시노미가 웃으며 내 머리에 화관을 씌웠다.

"레룬다, 축하해."

"자, 이거 줄게."

"우리가 준비한 거야."

"기쁘지?"

이루케사이, 루체노, 리리드, 단동가가 각자 준비한 것을 줬다. 해체용 단검 등 앞으로 일을 거드는 데 전부 도움이 될 만한 물건들이었다.

"레룬다, 축하해! 이 약초 줄 테니까 조제 열심히 해."

제시히 씨는 빙그레 미소 지으며 내 머리를 쓰다듬었다.

"축하해. 나는 이걸 줄게."

"레룬다, 축하해."

"축하해!"

다들 내게 축하한다고 말했다. 그리고 여러 가지를 줬다.

더 먹으라면서 니르시 씨가 그릇에 요리를 잔뜩 담았다. 란 씨가 자상한 눈으로 나를 바라보고 있었다.

"레룬다가 있어서 즐거워."

내가 있어서 기쁘게 웃는 사람이 있었다.

"으하하하! 즐거운데."

축하 자리에 술이 빠질 수는 없다면서 웃는 사람이 있었다.

"그륵그르르으으(즐거워~)."

새끼 그리폰들이 내 주위를 돌아다녔다.

"내년에도 또 축하하자."

그렇게 말해 주는 사람이 있었다.

어쩜 이렇게 따뜻한 공간이 다 있을까.

"레룬다는 분명하게 사랑받고 있어요. 태어나 줘서 고마워요."

란 씨가 그렇게 말하며 웃었다.

그 말을 들었을 뿐인데 왠지 눈물이 날 만큼 가슴이 벅차올랐다.

지금까지 생일은 언니를 축하하는 날이었다.

그랬던 생일이 기쁘고 즐거운 날로 바뀌었다.

"다들, 고마워."

어느새 나는 고맙다고 하고 있었다.

"다들, 너무 좋아."

그렇게 말하며 나도 웃었다.

그런 나를 보며 모두가 웃었고. 따뜻해서. 정말로 행복했다.

꿈만 같은 하루였다.

이런 행복한 시간이, 행복한 공간이 쭉 이어졌으면 좋겠다고 이날 나는 생각했다.

나는 어쩌면 신녀일지도 모른다.

나는 어쩌면 특별한 힘을 가지고 있을지도 모른다.

그럴지도 모른다는 말은 사실이다.

하지만 어느 쪽이든 좋다. 나는 그저 모두와 함께 있고 싶다.

만약 내가 신녀라면 모두와의 즐거운 나날을 위해, 다름 아닌 사랑하는 모두를 위해 뭔가를 하고 싶다.

만약 내가 신녀가 아니더라도 그건 그것대로 아무런 문제가 없다.

하지만 란 씨가 했던 말을 생각하면, 지금까지 내게 일어났던 우연은 전부 내가 신녀라서 그랬다는 이유로 납득할 수 있었다.

나는 모두를 사랑하고 모두를 위해 뭔가 힘이 되고 싶다. 정말로 그 마음밖에 없다. 그러니까 신녀일지도 모르지만 나는 내 행복을 위해, 모두의 행복을 위해 그 힘을 쓰고 싶다.

그렇게 나는 생각했다.

종장

따뜻한 햇볕이 내리쬐는 가운데, 한 소녀가 그리폰과 스카이호스에게 둘러싸여 낮잠을 자고 있었다.

날카로운 발톱과 부리를 가진 사나운 마물 그리폰.

하늘을 달리는 능력을 가진 강한 마물 스카이호스.

강대한 힘을 지닌 그 마물들과 계약을 맺은 작디작은 소녀는 그들과 함께 자며 같이 살고 있었다.

그 짐승들을 소녀는 가족이라고 부르면서 아꼈다.

마물과 계약을 맺을 수 있는 자가 세상에 없지는 않다. 하지만 이렇게 많은 수의 마물과 어린 나이에 계약을 맺은 소녀라는 존재는 세계가 놀라기 충분했다.

더욱 놀랍게도 소녀는 수인 마을에 살고 있었다.

이 세계에서 인간과 수인은 함께하지 않는다. 종족이 다르기도 해서 인간과 수인은 굳이 따지자면 다투고 있었다. 하지만 소녀는 수인 마을의 일원으로 받아들여졌다.

지금도 낮잠을 자는 소녀와 계약 마물들을 힐끔힐끔 보고 있는 수인 소년이 있었다.

소녀는 인간이면서 마법을 쓸 수 있다. 마법 적성을 가졌다.

마법을 쓸 수 있는 것만으로도 특별한 일이었다.

그리폰과 스카이호스를 가족으로 삼고 수인들과 함께 살며, 본인은 마법을 쓰는 힘을 가진 소녀.

——그런 소녀가 앞으로 어떻게 인생을 살아갈지 아무도 모른다.

그저 하늘만이 소녀를 지켜보고 있었다.

어느 날의
놀이

따뜻한 햇볕이 나를 비췄다. 숲속은 공기가 맑아서 기분 좋다. 숨을 크게 들이쉬고서 나는 그런 숲속을 달렸다.

이건 내 체력을 기르고 신체 강화 마법을 자유자재로 구사하기 위한 훈련이었다. 할 수 있는 일을 늘리고 싶어서 우선 체력을 기르기로 한 것이다.

가이아스도 포함하여 나는 수인 아이들과 함께 뛰어다니고 있었다.

"레룬다, 어서, 빨리!"

"이쪽이야, 이쪽!"

하지만 수인이라는 종족은 원래부터 인간보다 신체 능력이 높아서 마법을 쓴 나보다도 빨랐다.

게다가 신체 강화 마법을 써도 체력이 낮으면 의미가 없었다.

수인 마을에 처음 왔을 때, 나는 이렇게 뛰어다니지 못했다. 이곳에서 활동적으로 움직이며 조금씩 체력이 붙었다. 좀 더 체력을 기르고 싶다. 신체 강화 마법도 더 잘 구사하고 싶다.

그리고 이건 놀이이기도 했다.

"준비~ 출발!"이라는 외침과 함께 우리는 달리기 경주를 시작했다.

이렇게 모두와 노는 것은 즐겁다. 나고 자란 마을에서는 이렇게 논 적이 없었다. 마을 아이들이 노는 모습을 그저 보기만 했었기에 나는 친구와 노는 즐거움을 몰랐다. 그래서 같이 놀고 싶다는 마음조차 들지 않았었다.

하지만 이렇게 친구가 생기고 함께 노는 즐거움을 안 지금은 모두와 노는 것이 정말 즐거웠다.

수인들은 몸을 움직이고 뛰어다니는 것을 원래부터 좋아하는 듯했다. 책상 앞에 앉아 공부하기보다도 몸을 움직이는 것이 특기임을 알 수 있었다.

나도 모두와 함께 몸을 움직이는 것이 좋았다. 이렇게 달리기만 해도 바람이 느껴져서 기분이 좋았다. 그리폰이나 시포의 등에 타고 바람을 느끼는 것도 정말 좋아하지만, 이렇게 직접 뛰어다니는 것도 즐거웠다.

"또, 졌어."

달리기 경주를 해 봤지만 신체 강화 마법을 써도 수인인 모두를 전혀 이길 수 없었다. 더 빨리 달리게 되면── 신체 강화 마법을 더 잘 쓰게 되면 친구들보다 훨씬 빨리 달릴 수 있는 걸까. 더 빨리 달리면 분명 기분 좋겠지.

"아냐, 레룬다가 더 대단하지. 우리 수인이 신체 능력이 더 높은데도 따라오잖아."

"……하지만 나, 마법 썼는데."

진 것이 조금 분하기도 했다. 할 수 있는 일이 늘어나는 것만으로도 기뻤을 텐데. 더 잘하고 싶다는 기분이 들어서 스스로도 놀라웠다.

함께 노는 친구가 있기에 그 친구보다 더 잘하고 싶었다.

모두가 있으니까, 이렇게 남들과 함께하기에 이런 생각이 싹트는구나 싶어서 신기했다.

하지만 나는 이런 기분이 싫지 않았다. 다른 사람보다 분발하고 싶다는 기분은 중요하다고 란 씨도 말했다. 하고자 하는 마음이 없으면 아무것도 할 수 없다면서.

나도 그 말이 맞는다고 생각한다. 뭔가를 하고 싶다는 마음이 없었을 적에 나는 그저 아무 생각 없이 되는 대로 지냈다. 하지만 지금은 하고 싶다는 마음이 퐁퐁 샘솟았고 의욕이 가득했다. 하고 싶은 일이 명확하고, 앞으로 어떻게 하고 싶은지 목표도 정해져 있는 란 씨는 역시 대단하다.

나도 그런 목표를 가지고 싶다. 조금씩이라도 하고 싶은 일을, 내 미래의 선택지를 늘려 나가자.

"다음은 뭐 할까?"

"술래잡기하자."

'술래잡기'라는 것도 나는 이 마을에 와서 처음으로 해 봤다. 술래잡기도 신체 강화 마법을 쓰고 한다.

술래는 가이아스가 되었다.

신체 강화 마법을 써서 나무에 올랐다. 밑에서 가이아스가 이루케사이를 쫓고 있었다. 아, 이루케사이를 터치했다. 이루케사이는 나를 노렸다.

마법도 쓰지 않고서 가뿐히 나무를 탔다. 역시 대단했다. 나는 그런 이루케사이를 피해 도망 다녔지만 결국 터치당하고 말았다.

열심히 쫓아가서 카유를 구석으로 몰아 터치했다. 어디로 몰면 터치하기 쉬운지 생각하면서 쫓아가면 잘 잡을 수 있다는 것을 알았다. 술래를 넘긴 후에는 일부러 쫓아오기 힘든 곳으로 가서 어떻게든 잡히지 않도록 잘 피한다.

이렇게 아이들끼리 놀면 신체가 단련되어 건강하게 자란다고 수인들 사이에서는 전해 내려온다고 한다.

그래서 놀러 다니는 것을 권장했다. 다칠지도 모르지만 그것도 건강한 증거라고.

그 사고방식에 공감하고, 즐겁고, 내게도 도움이 되니 이렇게 친구들과 노는 것은 좋다.

술래잡기를 하며 모두와 이렇게 더 놀고 싶다고 생각했다.

후기

안녕하세요. 이케나카 오리나라고 합니다. 처음 뵙는 분도, 다른 서적을 읽어 주신 분도 이번에 이렇게 『쌍둥이 언니가 신녀로 거둬지고, 나는 버림받았지만 아마도 내가 신녀다.』를 구매해 주셔서 감사합니다.

이 작품은 인터넷에 투고한 글을 가필, 수정하여 책으로 낸 것입니다. 인터넷판과 줄거리는 똑같지만 개고를 했으니 인터넷판을 읽은 독자님도 즐겁게 봐 주셨으면 좋겠습니다.

저는 환수와 판타지를 좋아해서 이 작품에서는 많은 환수를 등장시키기로 했습니다. 그리고 주인공 레룬다는 그들과 함께 살아가는 걸로 설정했지요. 다만 맨 처음 인터넷에 단편으로 투고하려고 했을 때는 다른 생각도 있었기에 그쪽으로 단편을 투고했거나 연재를 시작했다면 또 다른 이야기로 전개되어 이렇게 책이 되지 못했을지도 모릅니다.

레룬다는 사랑받지 못하고 자란 여자아이라서 그리폰들과 스카이호스, 수인들과 만나며 자신을 소중히 여기는 마음이나 남들과 어울리는 방식 등 많은 것을 배워 나갑니다. 누군가에게 사랑받는다는 것을 모른 채 그저 살아가던 소녀가 성장하는 이야기를 제 나름대로 열심히 썼습니다.

이 책을 구매하여 읽어 주신 독자님들이 조금이라도 즐겁게 느끼고 다음 이야기가 궁금해지셨다면 좋겠습니다.

이 책으로 여성향 레이블이 아닌 곳에서도 책을 낸다는 목표 하나가 이루어져서 진심으로 기쁘게 생각합니다. 계속 글을 썼기에 이루어진 꿈이므로 앞으로도 계속 써 나가겠습니다. 잘 부탁드립니다.

마지막으로 이렇게 형태를 이루기까지 도와주신 모든 분께 감사드립니다. 인터넷판을 읽어 주신 독자 여러분, 정말로 늘 고맙습니다. 본작을 책으로 만들면서 신세 진 담당자님, 일러스트라는 형태로 등장인물들에게 모습을 부여해 주신 커트님, 출판에 이르기까지 협력해 주신 모든 분께 그저 감사드릴 따름입니다.

이 책을 구입해 주신 여러분도 정말 고맙습니다. 여러분이 읽고 뭔가를 느끼는 이야기를 앞으로도 계속 쓸 수 있게 노력하겠습니다.

이케나카 오리나

쌍둥이 언니가 신녀로 거둬지고, 나는 버림받았지만
아마도 내가 신녀다 1

2021년 12월 15일 제1판 인쇄
2021년 12월 20일 제1판 발행

지음 이케나카 오리나
일러스트 컷
옮김 송재희

발행 영상출판미디어(주)
등록번호 제 2002-000003호
주소 21311 인천광역시 부평구 평천로 132 (청천동)
전화 032-505-2973(代) | FAX 032-505-2982

ISBN 979-11-380-0839-6
ISBN 979-11-380-0838-9 (세트)

구매 시 파손된 도서는 구매처에서 교환하실 수 있습니다.
기타 불편사항, 문의사항이 있으신 독자님께서는 노블엔진 홈페이지
[http://novelengine.com] 에서 Q&A 게시판을 이용해 주시기 바랍니다.